PRINCIPES
DU
BLASON

EN QUATORZE PLANCHES, QUI TRAITENT

Chacune de ces Planches eft acompagnée d'une explication.

A PARIS,

Chez JEAN MOREAU, ruë Saint Jâques, vis-à-vis Saint Yves, à la Toifon d'Or.

M. D. CCIX.

AVEC APROBATION ET PRIVILEGE DU ROI.

APPROBATION.

J'Ai lû par ordre de Monseigneur le Chancelier cète nouvelle Methode de Géografie Historique, &c. & j'ai cru que l'Impreſſion en ſeroit tres-utile au public, par l'extrême clarté qui y regne, & par l'ordre juſqu'à preſent inconu, qui y eſt obſervé. Fait à Paris cè 16. Mai 1705. FONTENELLE.

PRIVILEGE DU ROY.

LOUIS par la grace de Dieu, Roy de France & de Navarre; à nos Amés & Feaûs Conſeillers, les Gens tenans notre Cour de Parlement, Maîtres des Requêtes Ordinaires de nôtre Hôtel, Grand Conſeil, Prevôt de Paris, Baillis, Senechaus, leurs Lieutenans Civils & autres nos Juſticiers qu'il apartiendra, SALUT, nôtre cher & bien Amé ⁎⁎⁎⁎⁎ Nous a fait expoſer qu'il déſiroit doner au public, faire imprimer & graver pluſieurs Ouvrages qu'il a compoſé, entr'autres, UNE NOUVELLE METHODE DE GÉOGRAFIE HISTORIQUE, pour aprandre facilemant la Geografie moderne & l'anciène, l'Hiſtoire de tous les Etats qui ſubſiſtent aujourd'hui, ou qui ont ſubſiſté depuis la Création du monde, le Gouvernement Ecléſiaſtique, Civil, Politique & Militaire de tous les Etats, avec les changemans qui y ſont arivés dans toute la ſuite des ſiecles, les Interêts de tous les Souverains; leurs Généalogies, leurs Armoiries, leurs Généalogies, & les Armoiries des principales Maiſons de l'Europe, le tout acompagné de Cartes de Géografie, de Tables Cronologiques, de Tables Généalogiques, de Plans de Viles, de Deſſeins qui repreſentent les Maiſons Royales, des Cerémonies, des Tenuës de Dietes, d'Etats, d'Aſſemblées de Clergé, &c. des Ieus Hiſtoriques, come le Ieu des Rois de France, celui de la Vie de Louis le Grand, &c. la Methode des Langues & en particulier de la Latine, pour aprandre en peu de tems & conoître à fond le génie, & toutes les delicateſſes de chaque Langue, avec les Raports diferans qu'il y a d'une Langue à une autre, & pluſieurs autres Ouvrages qu'il a compoſés, pour doner des moyens nouveaus d'aprandre facilemant toutes les Sianœs, & de les retenir long-tems, s'il Nous plaiſoit de lui en acorder la permiſſion & nos Lettres ſur ce néceſſaires qu'il nous a tres-humblemant fait ſuplier lui vouloir octroyer. A CES CAUSES, voulant favorablement traiter ledit Expoſant, Nous lui avons permis & accordé, permettons & acordons par ces preſentes, de faire imprimer & graver leſdits Ouvrages, par tel Imprimeur & Graveur qu'il voudra choiſir, & de les faire vandre & débiter par tout nôtre Royaume, pendant le tems de dix anées conſecutives, à conter du jour de la date des Preſentes : Faiſons défenſes à tous Imprimeurs, Libraires ou Graveurs & autres, de contrefaire leſdits Ouvrages en tout ni en partie, d'en vandre d'autre Impreſſion & Graveure, que de celles qui auront été faites du conſentement dudit Expoſant, ou de ceus qui auront droit de luy, à peine de confiſcation des Exanplaires contrefaits, & de trois mile livres d'amande contre chacun des Contrevenans, aplicable, un tiers à Nous, un tiers à l'Hôtel-Dieu de Paris, & l'autre tiers audit Expoſant, & de tous dépans, domages & interêts, à condition que ces Preſentes ſeront enregiſtrées és Regiſtres de la Comunauté des Imprimeurs, Libraires & Graveurs de Paris, que l'Impreſſion & Graveure de ces ouvrages ſeront faites dans nôtre Royaume & non ailleurs, & qu'avant de les expoſer en vante, il ſera mis de chacun, deus Exanplaires en nôtre Bibliotheque publique, un dans le Cabinet des Livres de nôtre Château du Louvre, & un en celle de nôtre cher & Feal Chevalier Chancelier de France, le Sieur Felipeaux, Conte de Pontchartrain, Comandeur de nos Ordres, le tout à peine de nulité des Preſentes; du contenu deſquelles vous mandons & anjoignons de faire joüir l'Expoſant ou ſes aïans cauſe, plainemant & paiſiblemant, ſans ſoufrir qu'il leur ſoit fait aucun trouble ou empêchemant : Voulons que la Copie deſdites Preſentes qui ſera imprimée au comancement ou à la fin deſdits ouvrages, ſoit tenuë pour duëmant ſignifiée, & qu'aus Copies colationées ſur l'autre, de nos Amés & Feaûs Conſeillers Secretaires, foi ſoit ajoutée come à l'Original : COMANDONS au premier nôtre Huiſſier, ou Sergent, de faire pour l'exécution deſdites Preſentes tous Actes requis & néceſſaires, ſans demander autre permiſſion, nonobſtant clameur de Haro, Charte Normande, & Lettres à ce contraires; CAR tel eſt nôtre plaiſir, Doné à Verſailles le diſième jour du mois de Mai l'An de Grace mil ſept cent cinq, & de nôtre Regne le ſoixante-deuſième. Signé, par le Roi, LAGAU, avec parafe, & ſellé du grand Seau de cire jaune. Et en marge eſt écrit.

Il eſt ordoné par Edit de Sa Majeſté de 1686. & Arêts de ſon Conſeil, que les Livres dont l'impreſſion ſe permet par chacun des Privileges, doivent ètre vandus par un Libraire ou un Imprimeur.

Regiſtré ſur le Livre de la Comunauté des Imprimeurs & Libraires de Paris, No. 191. pag. 567. conformémens aus Réglemans, & notamment à l'Arêt du Conſeil du 13. Août 1703. à Paris ce 26. Mai 1705.
Signé, PIERRE EMERY.

Le *vair* eft un compofé de petites pieces d'une forme particulière, dont les unes font d'argent & les autres font d'azur.

Ces deus *Metaus*, ces cinq *couleurs* & ces deus *fourures* fe
noment d'un nom gènèral les *Emaus*, & l'on dit que l'on fe fert
de neuf Emaus dans le Blafon, ils font tous dans la première des
planches que j'ai fait graver.

Il y a quelque dificulté fur l'origine des noms de ces neuf Emaus,
vioci l'opinion qui me paroît la plus veritable.

Il n'y a nule dificulté fur le nom des deus metaux.

Gul en Perfan fignifie une Rofe, & nos Franfois qui alérent
à la Tère Sainte dans le tems que les armoiries comanfoient à être
en ufage, donérent ce nom à la couleur de rouge de leur Blafon.

La piêre dont la poudre fert aus Peintres pour faire de beau
bleu fe nome en Latin *Lapis Lazuli*, de-là vient le nom d'azur,
qu'on a doné à la couleur bleuë.

Pour finople, je n'ai point trouvé d'origine de ce nom qui me
fatisface.

Le violet reffamble fi fort à cète prècieufe teinture que les anciens apèloient pourpre, qu'il en a pris le nom en termes de Blafon.

Les Martes Zibelines dont les plus noires font les plus bèles, fe
noment quelquefois en Latin, *Zabula*, on les nome ancore en
Aleman *Zoble* ou *Zable* : c'eft de-là qu'eft venu le nom de fable,
pour fignifier le noir en terme d'armoiries.

L'hermine eft un petit animal d'une grande blancheur, qui a le
bout de la queuë noir, quelquefois quand on l'amploie dans les fourures, on y mêle quelques-uns de ces bouts de queuës qu'on a
peint d'une figure particulière dans les armoiries.

Les Ecureuils, qui en ces Pays-ci font de couleur rouffe, font
dans les Pays du Nort moitié blans & moitié d'un gris qui aproche du bleu, c'eft la fourure que nous apèlons comunemant *petit-
gris*, cète diverfité de couleurs les a fait nomer par les Latins *Varii*,
les Italiens les nomoient *Vaio*, & nos anciens Franfois nomoient
cète fourure du *vair*, ou du *menu vair*.

Come la partie grife de ces fourures aproche plus de la couleur
bleuë, que des autres couleurs qui font amployées dans le Blafon,
on l'a peinte dans les armoiries avec du bleu, ou de l'azur, & on a
fixé la figure des diférantes pieces d'argent & d'azur de cète fourure
à la manière dont je l'ai fait graver, quoiqu'èle ne réponde pas
exactemant à cèle du petit-gris.

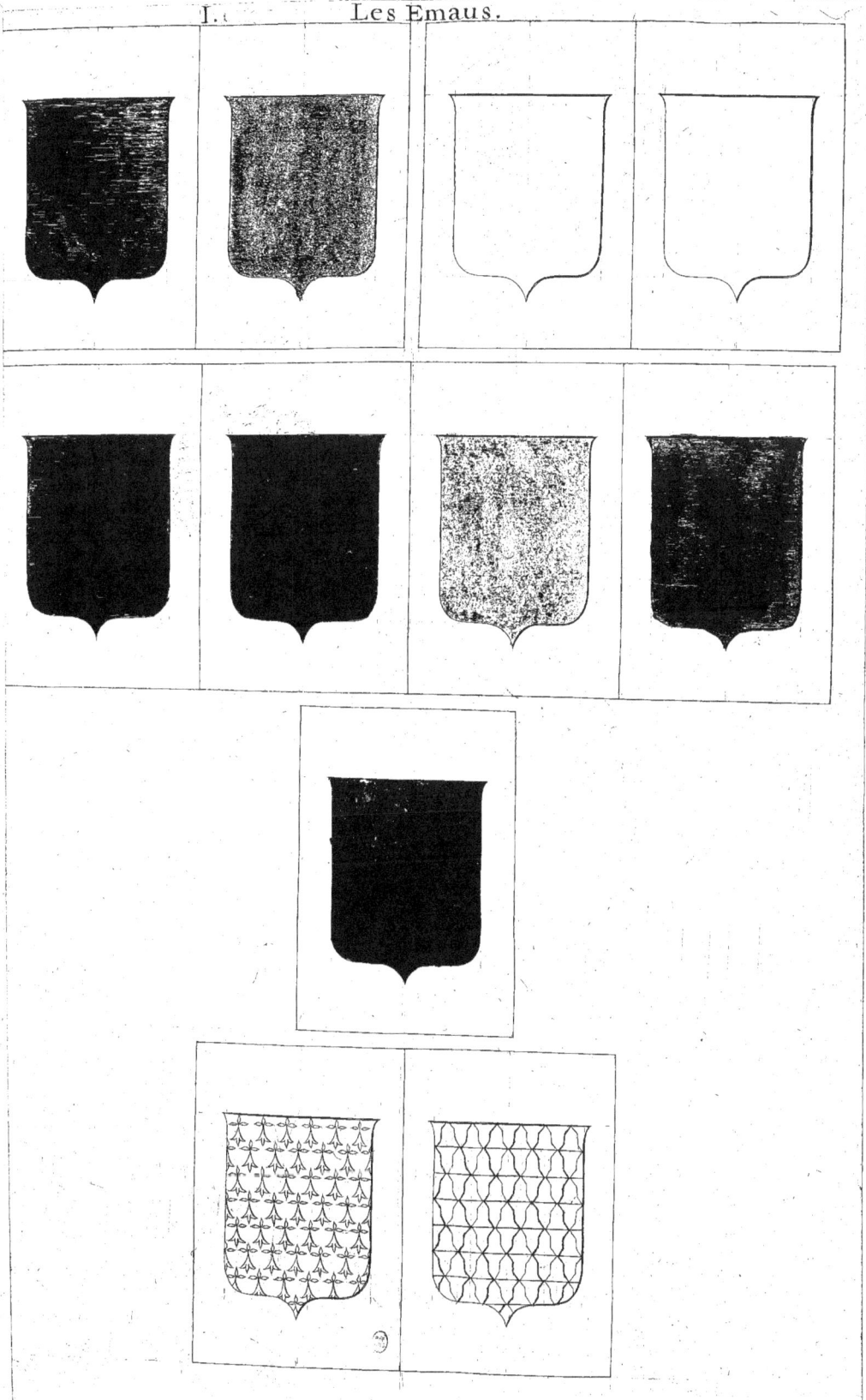

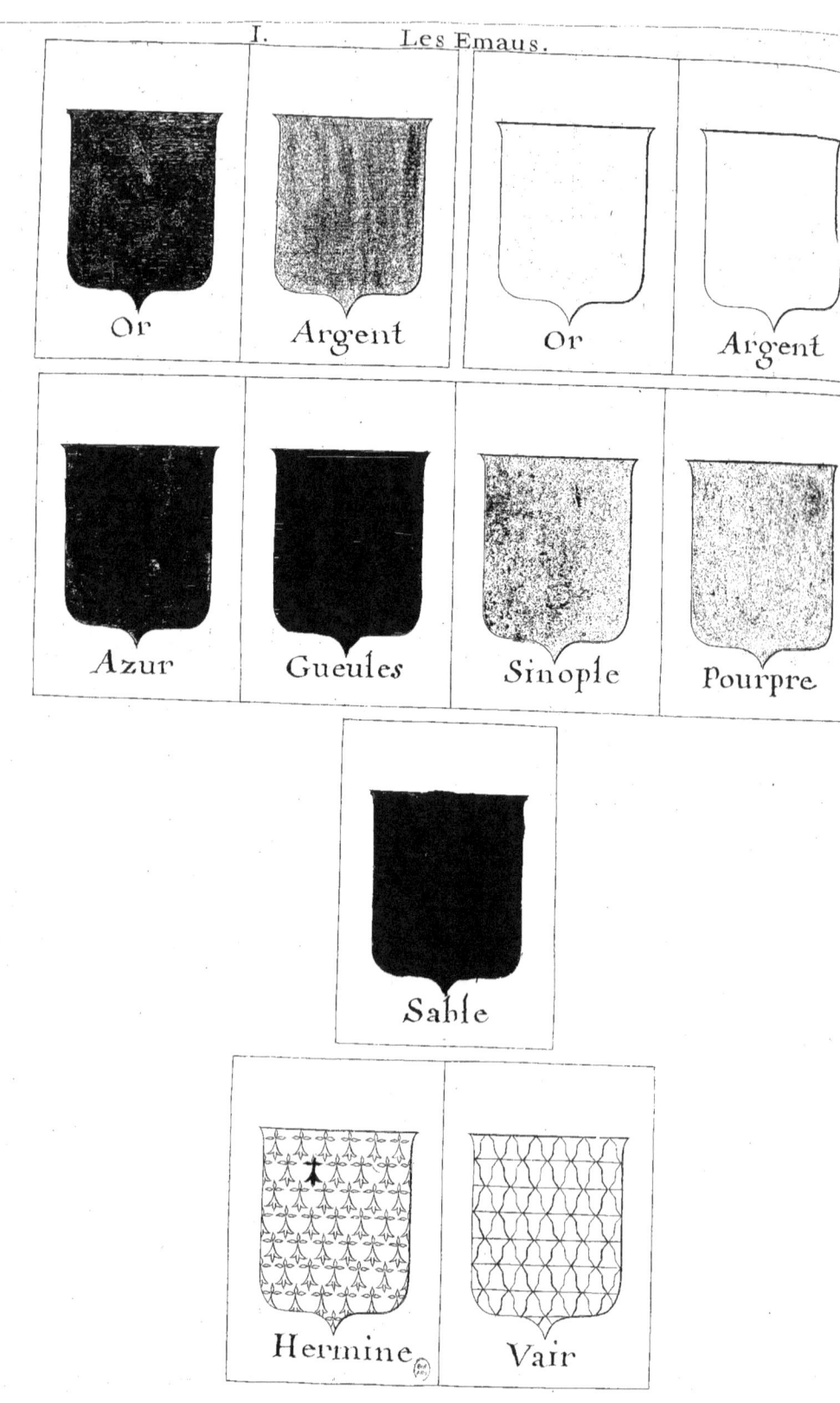

I.   Les Emaus.

Or   Argent   Or   Argent

Azur   Gueules   Sinople   Pourpre

Sable

Hermine   Vair

DES EMAUS.

ES Armoiries font des marques d'honeur dont le principal ufage eft de fervir à diftinguer les familles les unes d'avec les autres.

Les prèmiers qui fe fervirent de ces marques de diftinction les faifoient peindre fur leurs armes, c'eft pourquoi on les a nomées *armes*, ou *armoiries*. On les mètoit principalemant fur le bouclier qu'on nome autremant ècu, & on ne les met plus guère que fur une figure d'*ècu* qu'on nome quelquefois *ècuffon*.

La forme d'ècu, ou d'ècuffon la plus regulière eft cèle dont je me fuis fervi : cependant la plupart des gens mètent prefentemant leurs armes ou armoiries dans des ècus en Ovales.

La fience des Armoiries fe nome comunémant le *Blafon*.

Cète fience fe fert de termes qui ne font pas en ufage dans le langage ordinaire, ce qui fait une efpèce de langue ou de jargon particulier. Et la principale dificulté de cète fience, eft de conoître ces termes & leurs fignifications.

Dans le Blafon on fe fert de deus *Metaus*, qui font *l'or* & *l'argent*, quelquefois quand on peint les armoiries, au lieu d'or on met du jaune, & au lieu d'argent on met du blanc.

On amploie dans les armoiries cinq *couleurs* diférantes, favoir

Le rouge, qui en terme de Blafon fe nome *gueules*.

Le bleu, qui fe nome *azur*.

Le verd, qui fe nome *finople*.

Le violet, qui fe nome *pourpre*.

Et le noir, qui fe nome *fable*.

De ces cinq couleurs, le gueules & l'azur font les plus comunes.

Le fable eft plus rare que les deus prèmières.

Le finople beaucoup plus rare que le fable.

Et pour le pourpre, il eft fi rare que de trois mile ècuffons à peine en trouvera-t-on un où il y en ait.

En armoiries on amploie deus *fourures*, favoir *l'hermine* & le *vair*.

L'hermine eft d'argent avec des mouchetures de fable d'une figure particulière tèle qu'èle eft reprefentée dans mes ècuffons.

A

II. Les Hachures.

Or
Argent
Gueules
Azur
Sinople
Pourpre
Sable
Hermine
Vair

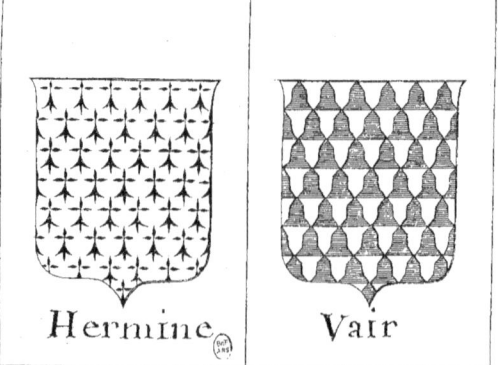

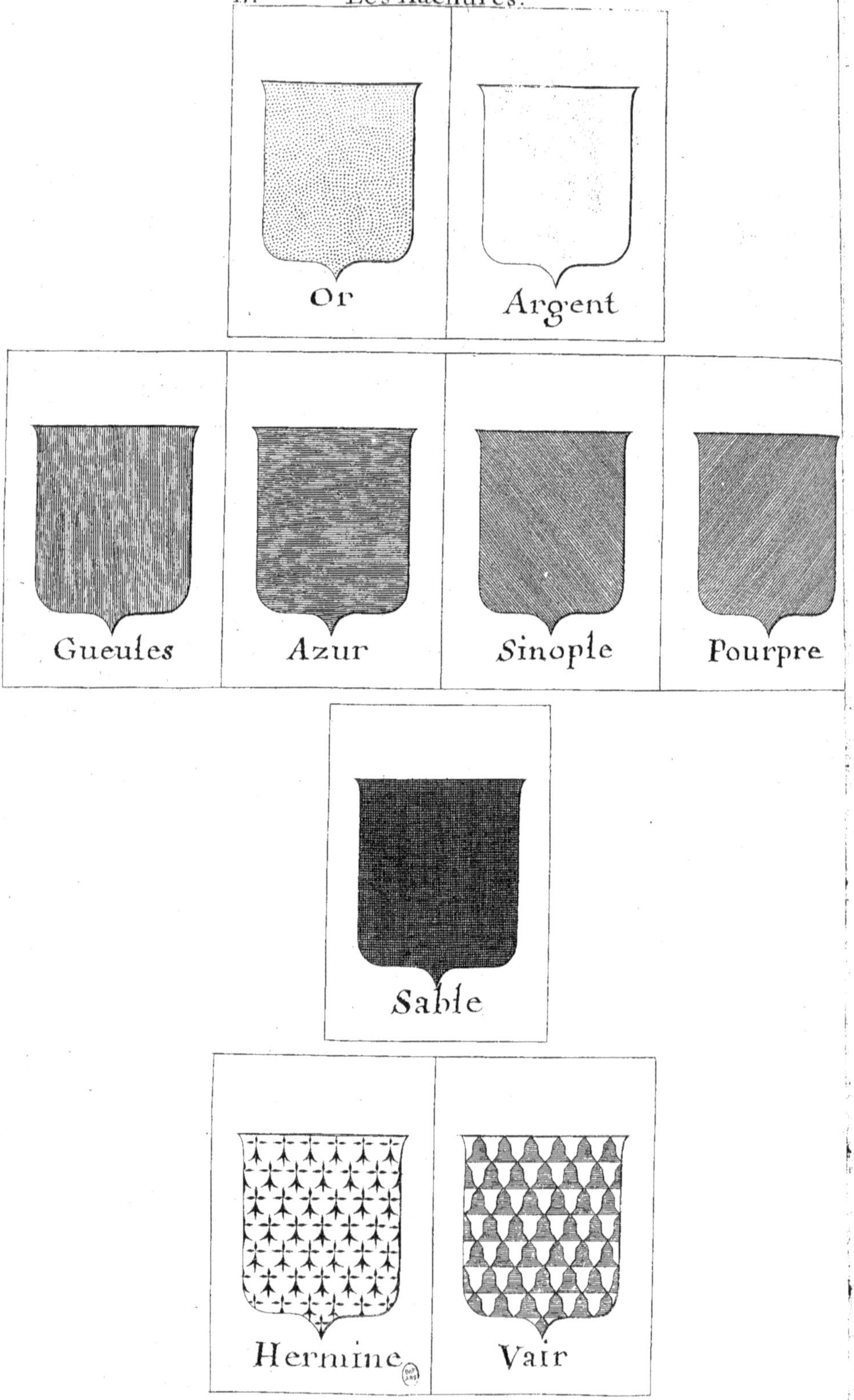

DES HACHURES.

LEs *Hachures* dans le Blason sont des points ou des lignes dont on se sert pour faire conoître, sans le secours de la peinture, les Emaus qui antrent dans la composition des armoiries.

Ces Hachures sont tres-comodes sur la vaissele d'argent où l'on ne sauroit apliquer de couleurs ; èles sont aussi fort comodes dans les tailles-douces, dans lesquèles, sans qu'il soit besoin de les anluminer, on peut par le moyen de ces points & de ces lignes conoître parfaitemant tous les Emaus dont les armoiries sont composées ; on peut aussi s'en servir dans les sculptures, soit sur le bois, soit sur le marbre, soit sur la piére ; on peut même les amployer dans les cachets.

Cète utile invantion est assés nouvéle, & ce que je conois de plus ancien en ce genre, est une Table des armoiries de tous ceus qui composent les Etats de Flandre ou de Brabant, imprimée en 1617. où l'on s'est servi des hachures pour marquer les Emaus : & ce qui me fait croire que cète invantion étoit alors toute nouvéle, c'est qu'on a eu soin d'expliquer à la marge de cète Table, ce que veulent dire les points & les lignes dont on s'est servi pour signifier les Emaus.

Avant que l'usage des Hachures fut introduit, on métoit dans les Livres d'armoiries gravés, de petites lètres qui marquoient les Emaus, un O. pour marquer l'or ; Ar. pour marquer l'argent ; G. pour le gueules ; Az. pour l'azur ; Si. pour le sinople ; P. pour le pourpre ; & Sa. pour le sable.

Je vas expliquer ce que signifient ces diférantes Hachures : mais auparavant je croi qu'il est bon de dire un mot de la figure de l'ècu & de ses diverses parties.

L'ecu dont je me sers, & dont la forme me paroît la plus regulière, & la plus propre à faire antandre les principes du Blazon, est une espece de caré long dont la plus grande étanduë est en le prenant de haut en bas. Le bas de ce caré est un peu arondi par les coins, & au milieu il y a une espece de petite pointe qui déborde : les coins d'enhaut sont tant soit peu avancés en dehors, ce qu'on peut conoître plus aisémant par les figuresque j'ai fait graver, que par tous les discours que je pourois faire.

On done à la partie haute de l'écu le nom de *chef*, & à la partie basse celui de *pointe* : on voit aisemant par la figure de l'ècu pourquoi la partie baſſe ſe nome pointe. Pour le nom de chef qu'on done à la partie haute, il faut ſe ſouvenir que l'ècu des Armoiries repreſante un bouclier, ou un ècu que porteroit un Cavalier alant au combat, ou paroiſſant dans un Tournoi, & comme la partie haute de ce bouclier eſt principalemant deſtinée à couvrir la tête ou le chef du Cavalier, on l'a nomée *chef*. J'ai dit que l'on conſidere cet ècu come le bouclier que porte un Cavalier : la partie de cet ècu qui eſt à la droite de celui qui le porte, eſt à la gauche de celui qui le regarde : & come c'eſt par raport au Cavalier qui porte l'ècu, qu'on nome ces diferantes parties, cèle qui eſt à la gauche de celui qui regarde l'ècu où ſont les Armoiries, ſe nome la *droite*, parce qu'èle eſt à la droite du Cavalier qui porte l'ècu : le côté opoſé ſe nome la partie *gauche*.

Venons preſantemant à l'explication des Hachures.

Le *gueules* ou rouge eſt marqué par des lignes droites qui vont de haut en bas, ce qu'on apèle autremant des lignes tirées perpandiculairemant.

L'*azur* ou bleu eſt marqué par des lignes qui vont de la droite à la gauche de l'ècu, qu'on peut nomer des lignes horizontales.

Le *ſable* eſt compoſé de lignes perpandiculaires, & de lignes horizontales qui ſe croiſent.

Le *ſinople* eſt marqué par des lignes qui vont de la partie droite du chef ou du haut de l'ècu, à la partie gauche de la pointe ou du bas du même ècu, ce qui fait des eſpeces de diagonales, pour parler come les Geometres.

Le *pourpre* au contraire eſt marqué par des lignes qui vont de la partie gauche du chef à la partie droite de la pointe, ce qui fait une autre eſpece de diagonales.

L'*or* eſt marqué par de petits points ſans nombre fixe, cela s'apèle en blazon *pointillé*.

Pour l'*argent* on ne met rien, & l'on laiſſe ou le papier ou l'argent s'il s'agit de la vaiſſelle, en un mot la matière ſur laquèle on repreſante les Armoiries, ſans y mètre ni points ni lignes.

Tout cela ſe comprandra aiſemant par la ſeconde planche que j'ai fait graver : car ancor une fois on comprandra plus facilemant tout ce que je veus expliquer par la vûë des ècuſſons que j'ai fait graver, que par tous les diſcours que je pourois y ajouter.

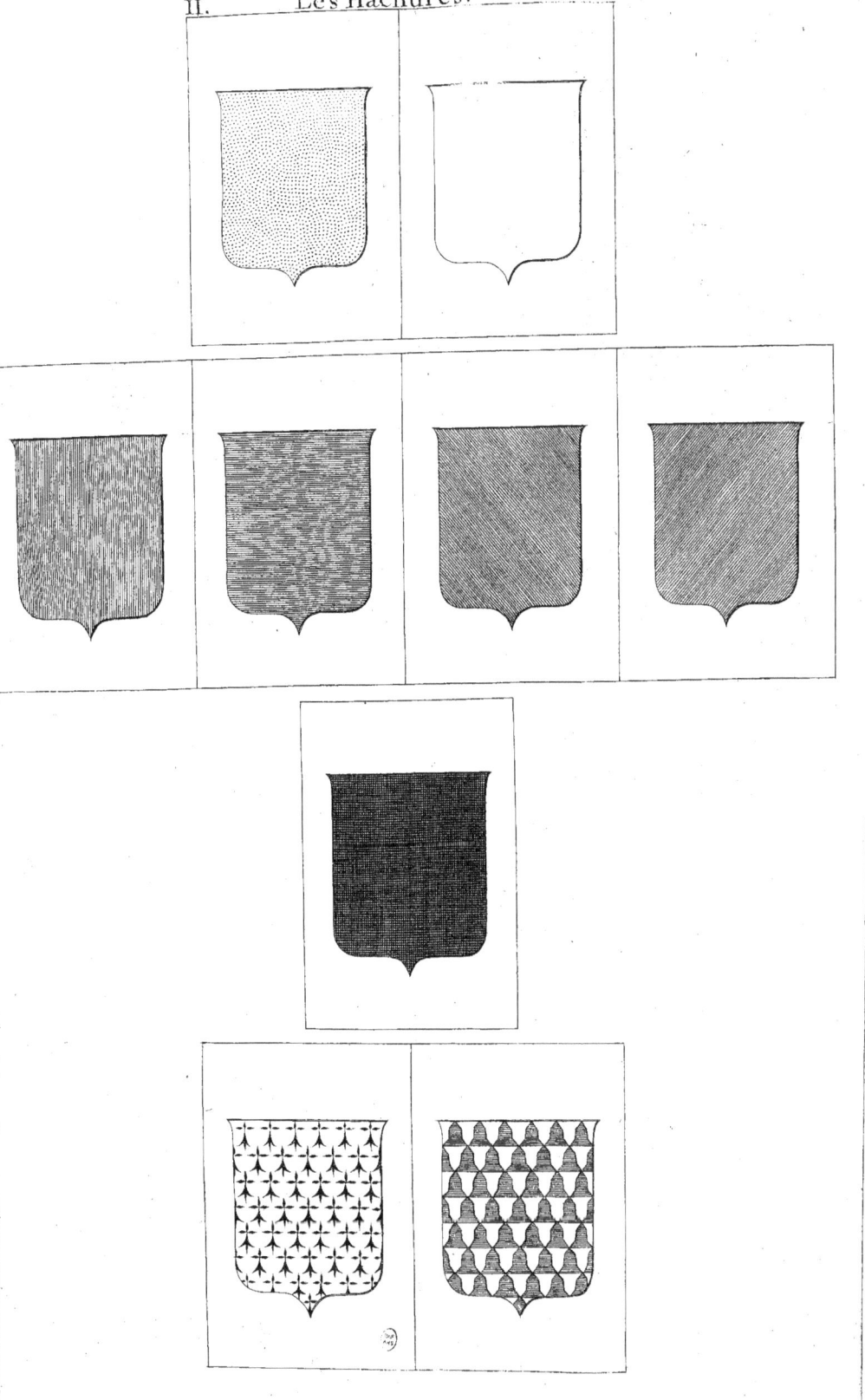

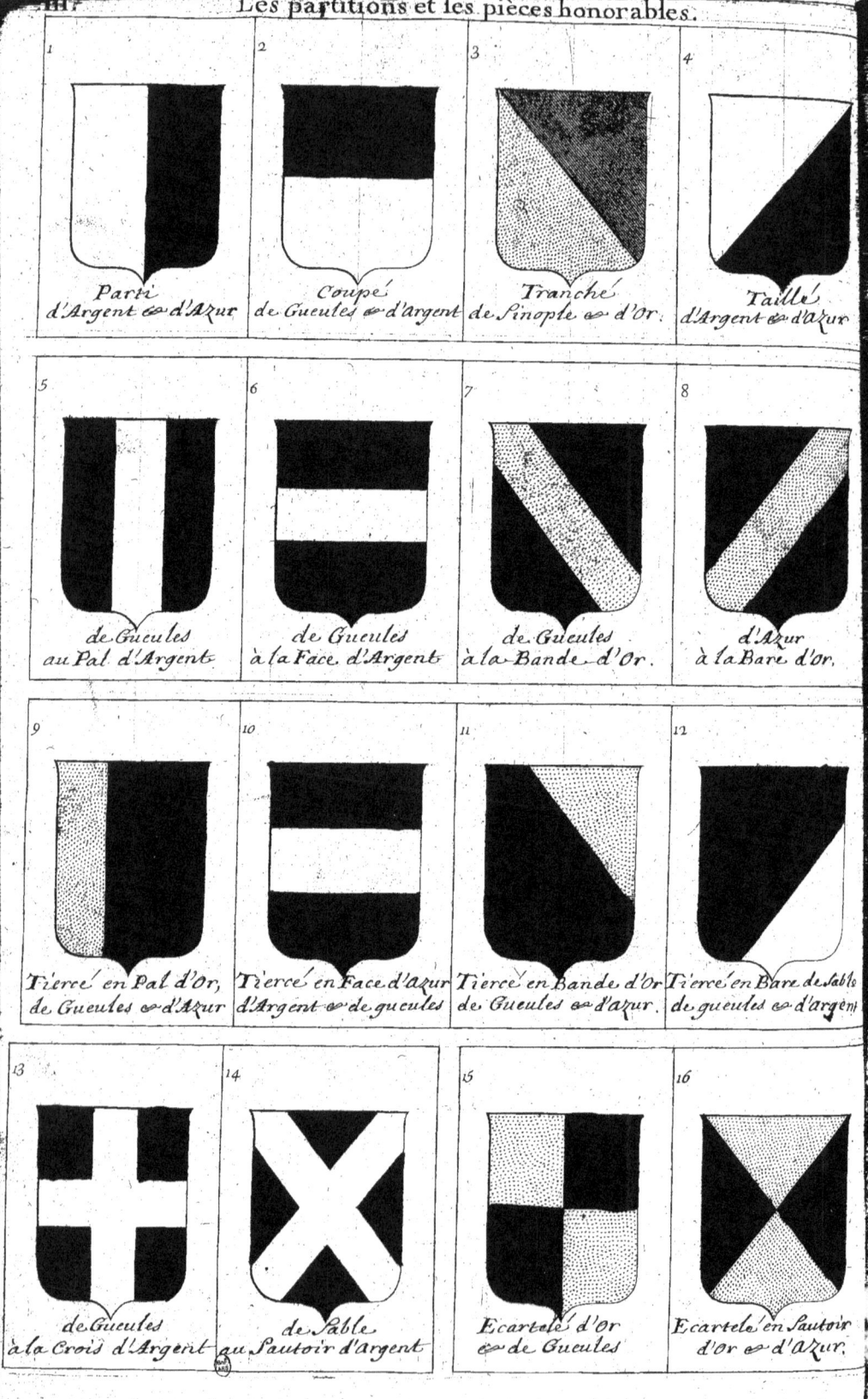

1. Parti
d'Argent & d'Azur

2. Coupé
de Gueules & d'argent

3. Tranché
de Sinople & d'Or

4. Taillé
d'Argent & d'azur

5. de Gueules
au Pal d'Argent

6. de Gueules
à la Face d'Argent

7. de Gueules
à la Bande d'Or

8. d'Azur
à la Bare d'Or

9. Tiercé en Pal d'Or,
de Gueules & d'Azur

10. Tiercé en Face d'azur
d'Argent & de gueules

11. Tiercé en Bande d'Or
de Gueules & d'azur

12. Tiercé en Bare de Sable
de gueules & d'argent

13. de Gueules
à la Croix d'Argent

14. de Sable
au Sautoir d'argent

15. Ecartelé d'Or
& de Gueules

16. Ecartelé en Sautoir
d'Or & d'Azur

5

DES PARTITIONS DE L'ECU
E T
DES PIECES HONORABLES.

APrès avoir parlé des Emaus & des Hachures, il faut parler des PARTITIONS DE L'ECU.

La prèmière espece de ces Partitions est de cèles par lesquèles l'Ecu est partagé en deus parties ègales.

Il y a quatre Partitions de cète espèce, savoir le *Parti*, le *Coupé*, le *Tranché*, & le *Taillé*.

Le *Parti* se fait par une ligne droite & perpandiculaire, qui va du milieu du chef au milieu de la pointe, & qui divise l'ècu en partie droite & partie gauche.

Le *Coupé* se fait par une ligne droite horizontale, qui va de la droite à la gauche, & coupe l'ècu en deus parties ègales, dont la haute se nome le chef, & la basse se nome la pointe.

Le *Tranché* se fait par une ligne droite & diagonale, qui va de l'angle droit du chef à la partie gauche de la pointe.

Le *Taillé* se fait par une ligne droite & diagonale, qui va de l'angle gauche du chef à la partie droite de la pointe.

Il faut se souvenir ici de ce que j'ai dit de la partie droite & de la partie gauche de l'écu en explicant les Hachures.

Je parlerai des autres Partitions de l'ècu, quand j'aurai dit quelque chose des Pièces Honorables.

Les PIECES HONORABLES sont des pièces qui ont de largeur le tiers de la largeur de l'ècu, & dont les extremités touchent les bords de l'ècu.

Quand je dis le tiers de la largeur de l'ècu, c'est à le prandre de la droite à la gauche, & non du chef à la pointe.

Les quatre prèmières de ces pièces honorables sont le *Pal*, la *Face*, la *Bande* & la *Bare*, & èles ocupent le milieu de l'ècu.

Le *Pal* va perpandiculairemant du haut du chef au bas de la pointe.

La *Face* va de la droite de l'ècu à la gauche.

La *Bande* va de la partie droite du chef à la partie gauche de la pointe.

La *Bare* va de la partie gauche du chef à la partie droite de la pointe.

Remarqués qu'on amploie très-raremant la Bare.

Nous pouvons presentemant parler d'une seconde espèce de PARTITIONS.

B

Les partitions de cète espèce se noment *Tiercé*, & servent à partager l'écu en trois parties ègales, qui sont de trois Emaus diférans.

Ces Tiercés prènent leurs noms de quatre pieces honorables dont èles imitent le trait, & l'on dit *Tiercé en pal*, *Tiercé en face*, *Tiercé en bande*, & *Tiercé en bare*.

J'ai ajouté dans cète troisiême Planche deus pièces honorables, & deus partitions.

Ces deus PIE'CES HONORABLES sont la *Crois* & le *Sautoir*.

La *Crois* est composée d'un pal & d'une face, & le *Sautoir* est composé d'une bande & d'une bare.

Les deus PARTITIONS que j'ai mis dans cète Planche sont *l'ècartelé* & *l'ècartelé en sautoir*.

L'ècartelé partage l'écu en quatre parties ègales par deus lignes droites qui se coupent, & dont l'une est perpandiculaire pareille à cèle qui sert à former le parti, & l'autre est horizontale pareille à cèle qui sert à former le coupé.

L'ècartelé en sautoir partage aussi l'écu en quatre parties ègales, & est formé de deus lignes droites diagonales qui se coupent, & dont l'une va de l'angle droit du chef à la partie gauche de la pointe, & est pareille à cèle qui forme le tranché, & l'autre va de l'angle gauche du chef à la partie droite de la pointe, & est pareille à cèle qui forme le taillé.

Dans ces ècartelures, les quatre parties qu'èles forment sont de deus Emaus diférans : en tèle sorte que les deus parties oposées qui ne se touchent que par un angle sont du même émail, come on peut voir dans la Planche, au nombre 15. ou les 2. quartiers d'or se touchent par un angle & les 2. quartiers gueules se touchent aussi par un angle.

Toutes les partitions de l'écu qui sont en cète Planche peuvent servir à former les armoiries d'une famille, d'un Etat &c. & il y en a quelques-unes qui servent ancor à joindre ansamble plusieurs armoiries qui sont toutes diférantes l'une de l'autre, & l'on amploie les partitions à ce dernier usage principalemant pour marquer ou les diférantes maisons avec lesquèles on est alié, ou les diférans ètas sur lesquels on a des prétantions, c'est ce que nous vèrons plus exaçtemant dans la suite. Les partitions qui ont ce second usage sont principalemant le parti, le Tiercé en Pal & l'Ecartelé.

Après ce que je viens de dire sur la troisiême Planche, on peut comancer à aprandre à blazoner des Armoiries & des Ecussons.

Blazoner, est dire en termes de Blazon dequoi est composé un Ecusson, dequoi sont composées les Armoiries d'une famille, d'un Etat.

On dit quelquefois *déchifrer* des Armoiries : mais ce mot eſt plus propre quand il s'agit de quelques Ecuſſons, de quelques Armoiries qui ſont compoſées de pluſieurs Armoiries de Maiſons ou de Seigneuries diferantes toutes jointes dans un même ècu, come nous vèrons dans la quatorzième Planche où nous parlerons de pluſieurs partitions , parce qu'alors les divers quartiers formés par les partitions ſe diſtinguent l'un de l'autre par des nombres ou chifres diferans.

Preſantemant je me contenterai d'expliquer de quèle manière on blazone un ècu, qui ne contient que les ſimples Armes ou Armoiries d'une Famille ou d'un Etat.

On apèle *champ* de l'ècu l'Email dont on ſupoſe qu'eſt fait l'ècu , ou l'ècuſſon ſur lequel les pièces des Armoiries ſont apliquées. Par example dans la troiſième Planche au nombre 6. où ſont les armes de la Maiſon d'Autriche , le champ eſt de gueules & la face qui eſt deſſus eſt d'argent, autrefois en blazonant on diſoit quelquefois, la Maiſon d'Autriche porte à la face d'argent en champ de gueules : mais on ne ſe ſert plus de cète manière de parler, l'on dit la Maiſon d'Autriche porte de gueules à la face d'argent, comanſant toûjours par le champ de l'ècu & venant enſuite aus pièces.

De ſorte que voici come il faut blazoner les ècus de cète Planche, où il y a des pieces honorables.

N°. 5. porte de *gueules* au pal d'*argent*.

N°. 6. la Maiſon d'Autriche porte de gueules à la face d'argent.

N°. 7. La Maiſon de Noailles porte de gueules à la bande d'or.

Remarqués que le plus ordinairemant on dit Noailles porte , au lieu de dire la Maiſon de Noailles.

N°. 8. porte d'*azur* à la bare d'or.

N°. 13. Savoie porte de gueules à la crois d'argent.

N°. 14. Angenes porte de ſable au ſautoir d'argent.

Remarqués que quand il n'y a qu'une pièce honorable come dans les examples qui ſont dans cète Planche , il faut dire au pal , à la face, à la bande &c. & non à un pal , à une face, à une bande : au-lieu que quand il y a deus pièces honorables ou plus de deus, come nous en vèrons dans les Planches ſuivantes, on exprime le nombre & l'on dit il porte de à deus pals , à trois pals , à quatre pals , à une face, à deus faces &c.

Voyons preſantemant de quèle manière on blazone les ècuſſons où il y a des partitions.

Dans ces ècuſſons les diferans èmaus dont ils ſont compoſés

ocupent autant d'espace l'un que l'autre : ainsi il n'y en a aucun qui soit propremant le champ de l'écu.

Alors il faut blazoner en nomant d'abord l'émail qui est au chef ou à la partie droite du chef.

Ainsi Nº. 1. Lucerne qui est un des treize Cantons Suisses, porte parti d'argent & d'azur.

Nº. 2. Soleure qui est un autre Canton Suisse, porte coupé de gueules & d'argent.

Nº. 3. porte tranché de *sinople* & d'or.

Nº. 4. Zuric, qui est le premier des treize Cantons Suisses, porte taillé d'argent & d'azur.

Nº. 9. Porte tiercé en pal d'or, de *gueules* & d'azur.

Nº. 10. Porte tiercé en face d'azur, d'argent & de *gueules*.

Nº. 11. Caumont de Lauzun porte tiercé en bande d'or, de gueules & d'azur.

Nº. 12. Porte tiercé en bare de *sable*, de *gueules* & d'argent.

Nº. 15. Biron porte écartelé d'or & de gueules.

Nº. 16. Porte écartelé en sautoir d'or, de —— & d'azur.

Remarqués que des Ecus que j'ai fait graver dans ces Planches, les uns contiènent les Armoiries de quelque Etat ou de quelque Famille, & que dans les autres j'ai fait graver les figures que j'ai crues les plus propres à faire antandre ce que j'avois à dire sur les principes du Blazon.

Il y a fort peu d'écussons qui ne soient composés que d'un seul émail, quand cela se trouve, on dit en les blazonant porte de   plein.

La Maison de Bandinelli d'Italie porte d'or plein.

La Maison de Rubei de Florance porte de gueules plein.

La Maison d'Albret porta de gueules plein jusqu'au tems de Charle 6. qui permit à Charle d'Albret d'écarteler de France.

L'Electeur Palatin Charle-Louis père de Madame prit un écusson de gueules plein qu'il acola avec les écussons du Palatinat & de Bavière, en voici la raison. Ses ancêtres avoient eu un Electorat auquel est atachée la dignité d'*Archidapifer* ou de Grand-Maître de l'Empire, & pour marque de leur dignité ils portoient de gueules au Globe Imperial d'or. Cet Electorat fut ôté en 1623. à son père Frederic 5. Par la pais de Munster, on crea pour Charle-Louis un nouvel Electorat avec la dignité de Grand-Tresorier de l'Empire, en vertu de laquèle il devoit porter de gueules à la Couroñe de Roi de Germanie : mais il ne voulut jamais porter cète Couroñe dans ses Armes, & prit un écu de gueules plein, avec ces mots autour *Dominus Providebit.*

Les Armes du Duché de Bretagne sont d'hermine plein.

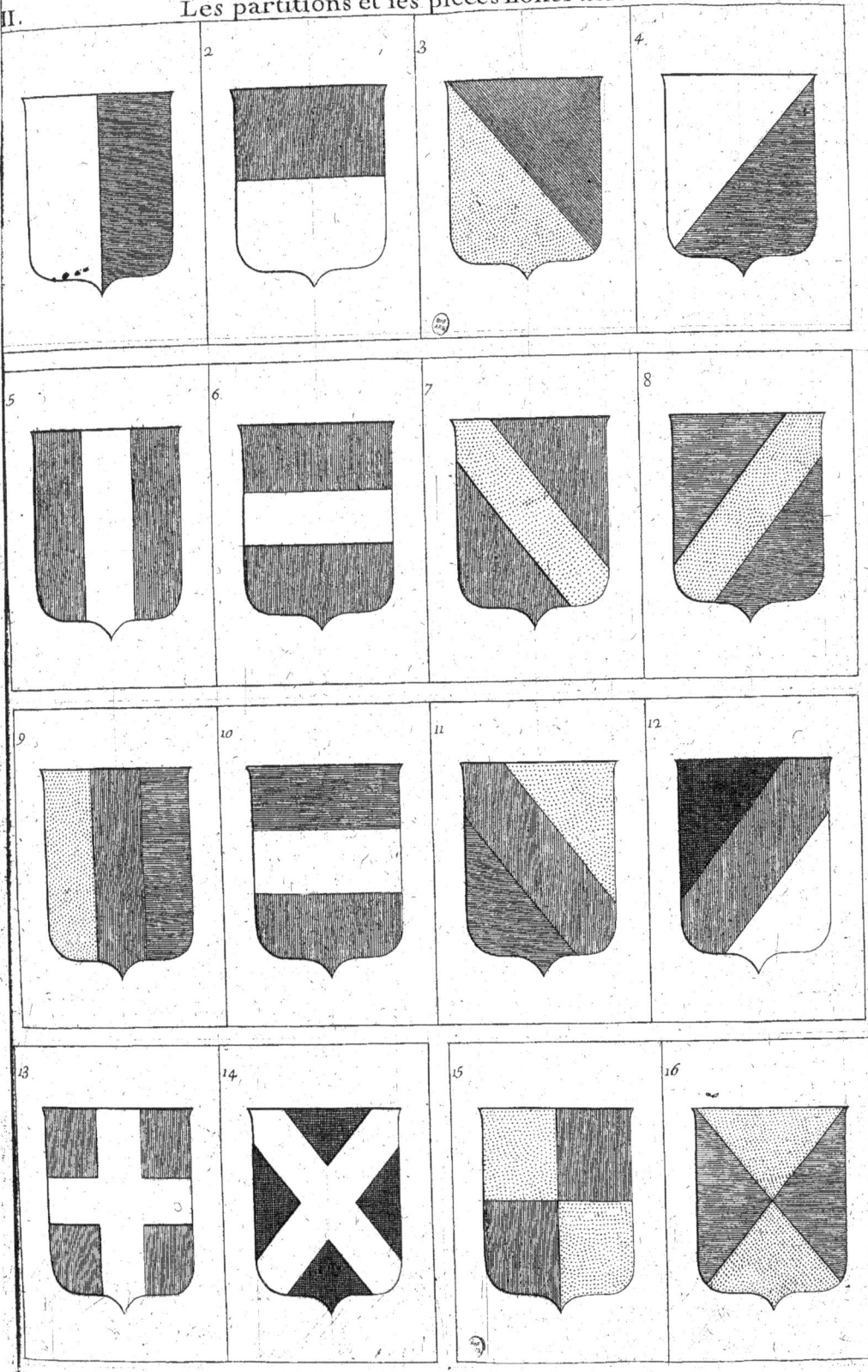

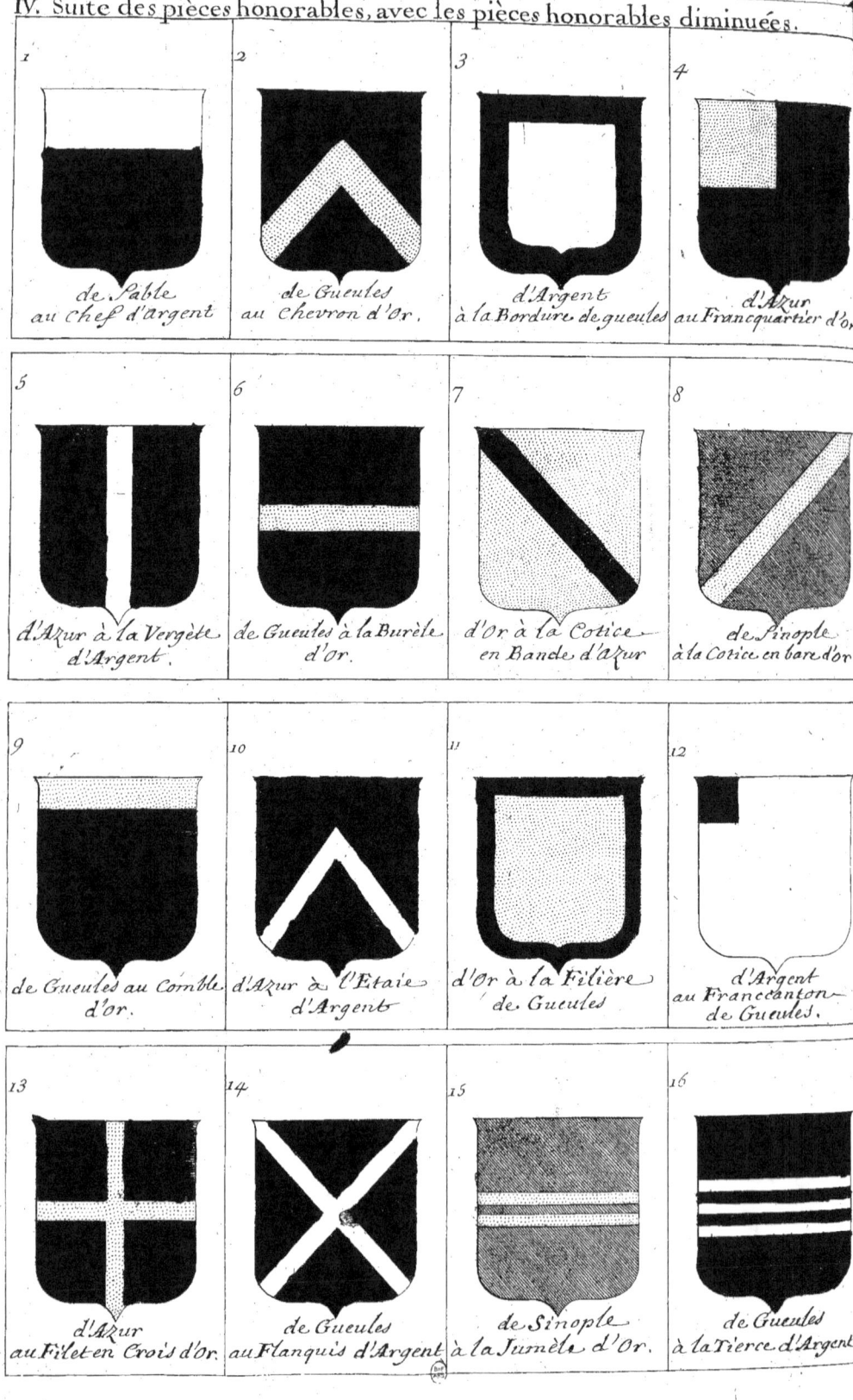

1. de Sable au chef d'argent

2. de Gueules au Chevron d'Or.

3. d'Argent à la Bordure de gueules

4. d'Azur au Francquartier d'or

5. d'Azur à la Vergète d'Argent.

6. de Gueules à la Burèle d'Or.

7. d'Or à la Cotice en Bande d'Azur

8. de Sinople à la Cotice en bare d'or

9. de Gueules au Comble d'or.

10. d'Azur à l'Etaie d'Argent

11. d'Or à la Filière de Gueules

12. d'Argent au Franccanton de Gueules.

13. d'Azur au Filet en Crois d'Or.

14. de Gueules au Flanquis d'Argent

15. de Sinople à la Jumèle d'Or.

16. de Gueules à la Tierce d'Argent.

SUITE
DES PIECES HONORABLES,
AVEC LES PIECES HONORABLES DIMINUE'ES.

Dans la 3e Planche nous avons vu 6 pièces honorables aufquèles nous en ajouterons 4, le *Chef*, le *Chevron*, la *Bordure*, le *Francquartier*.

Nᵒ 1. le *Chef* est dans la partie haute de l'écu.

Quand le chef est une pièce honorable, il a la largeur du tiers de l'écu.

Mais quand on partage l'écu en deus parties ègales, l'une haute & l'autre basse, toute la partie haute se nome chef, & toute la partie basse se nome pointe : nous en vèrons des examples dans la suite aus Armoiries du Roi d'Espagne & du Duc de Loraine.

Vilain de Gand dont est le Prince d'Izanguien, porte de fable au chef d'argent.

Nᵒ 2. le *Chevron* est composé des deus parties basses de la bande & de la bare qui s'apuyent sur les coins d'ambas de l'écu, & aboutissent en pointe un peu plus haut que le milieu de l'écu.

Netancour Vaubecour porte de gueules au chevron d'or.

Nᵒ 3. la *Bordure* n'a pas dans tout son tour la largeur du tiers de l'écu, mais seulemant la moitié, ce qui fait le tiers en contant les deus côtés opofés.

Nᵒ 4. le *Francquartier* ocupe le quart de tout l'espace de l'écu, & est à la partie droite du haut de l'écu.

Ces quatre pièces honorables, avec les fis que j'ai mises dans la troisiéme Planche, font les dis principales pièces honorables.

Quand ces pièces honorables n'ont pas de largeur, le tiers de l'écu, on dit qu'èles font diminuées ; & alors èles ont d'autres noms.

Nᵒ 5. Un Pal qui n'a de largeur que la moitié du Pal ordinaire se nome *Vergète*.

Nᵒ 6. Une face qui n'a de largeur que la moitié de la face ordinaire se nome *Burèle*.

Et tout de même des autres.

Nᵒ 7. La bande diminuée se nome *Cotice*.

Nᵒ 8. La bare diminuée se nome *Cotice en bare*.

Nᵒ 9. Le chef diminué se nome *Comble*.

Nᵒ 10. Le chevron diminué se nome *Etaie*.

C

Nº ıı. La bordure diminuée *Filiere*.

Nº 12. Le Francquartier diminué *Franc-canton*.

Nº 13. La crois diminuée *Filet en crois*.

Nº 14. Le fautoir diminué *Flanquis*.

Voilà ce qu'on apèle les dis pièces honorables diminuées.

J'ai ajouté dans cète Planche deus autres pièces qui ont quelque raport aus précedantes, favoir la *Jumèle* & la *Tierce*.

Nº 15. La *Jumèle* eft compofée de deus faces très ètroites qui font fort proches l'une de l'autre.

Nº 16. La *Tierce* eft compofée de trois faces très ètroites, qui font fort proches l'une de l'autre.

Toutes ces pièces diminuées ne font gueres amployées dans les Armoiries à moins qu'il ne s'y trouve d'autres pièces, je ne les ai mifes ici que pour faire conoître leur figure & leur nom.

Quoique dans la règle les pièces honorables doivent avoir de largeur le tiers de la largeur de l'ècu, cepandant nous voyons dans l'ufage que la plupart des gens ne leur donent de largeur que le quart, & fouvant moins du quart de la largeur de l'ècu. On fait auffi les pièces honorables diminuées beaucoup moins larges qu'èles ne le doivent être.

Ces pièces honorables, foit qu'èles foient feules, foit qu'èles foient ou diminuées ou multipliées, fe trouvent fouvant ou chargées ou acompagnées de quelques autres pièces : nous en donerons des exanples dans les Planches fuivantes, quand nous aurons parlé des autres pièces de diférantes efpèces qui antrent dans les Armoiries.

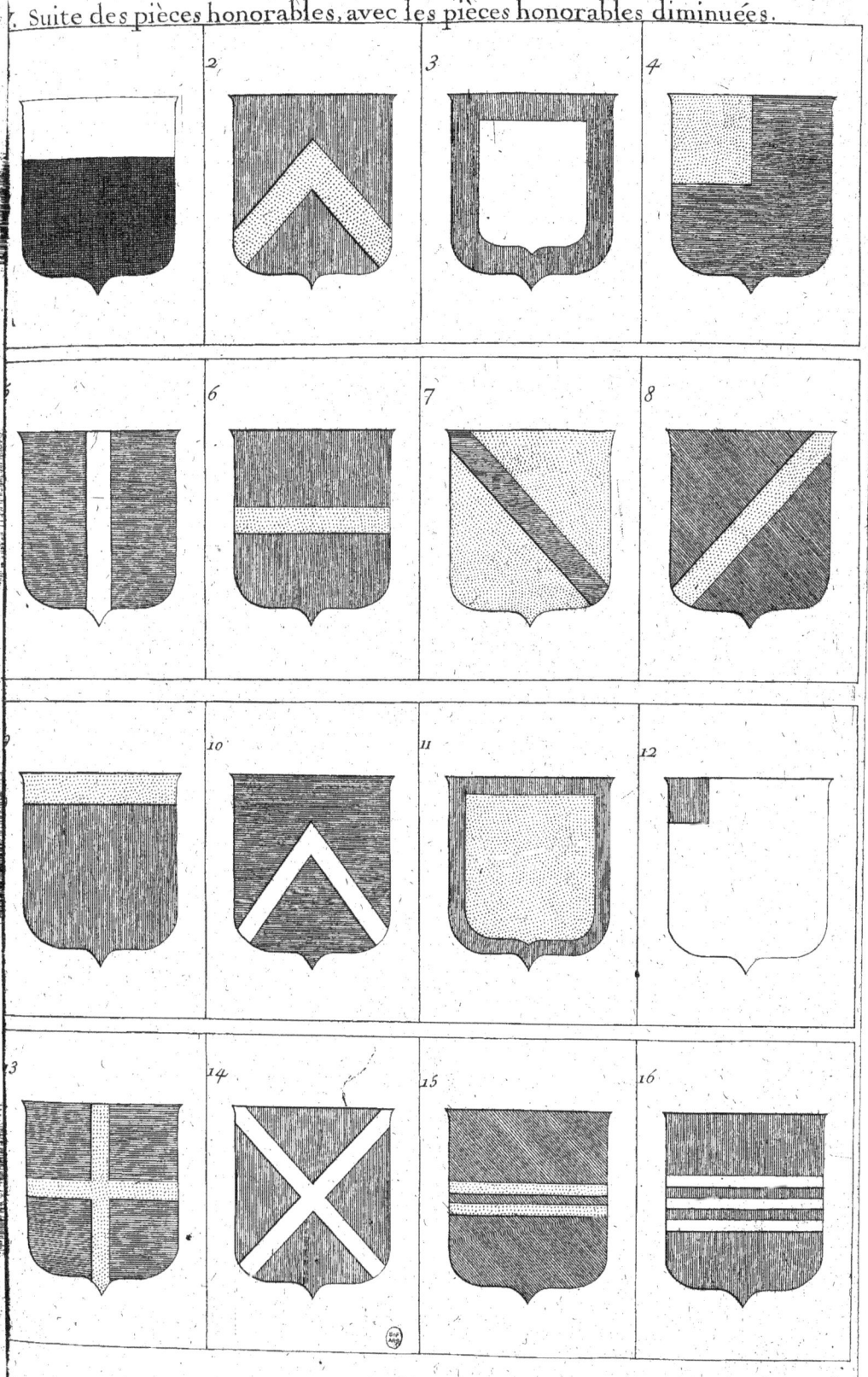

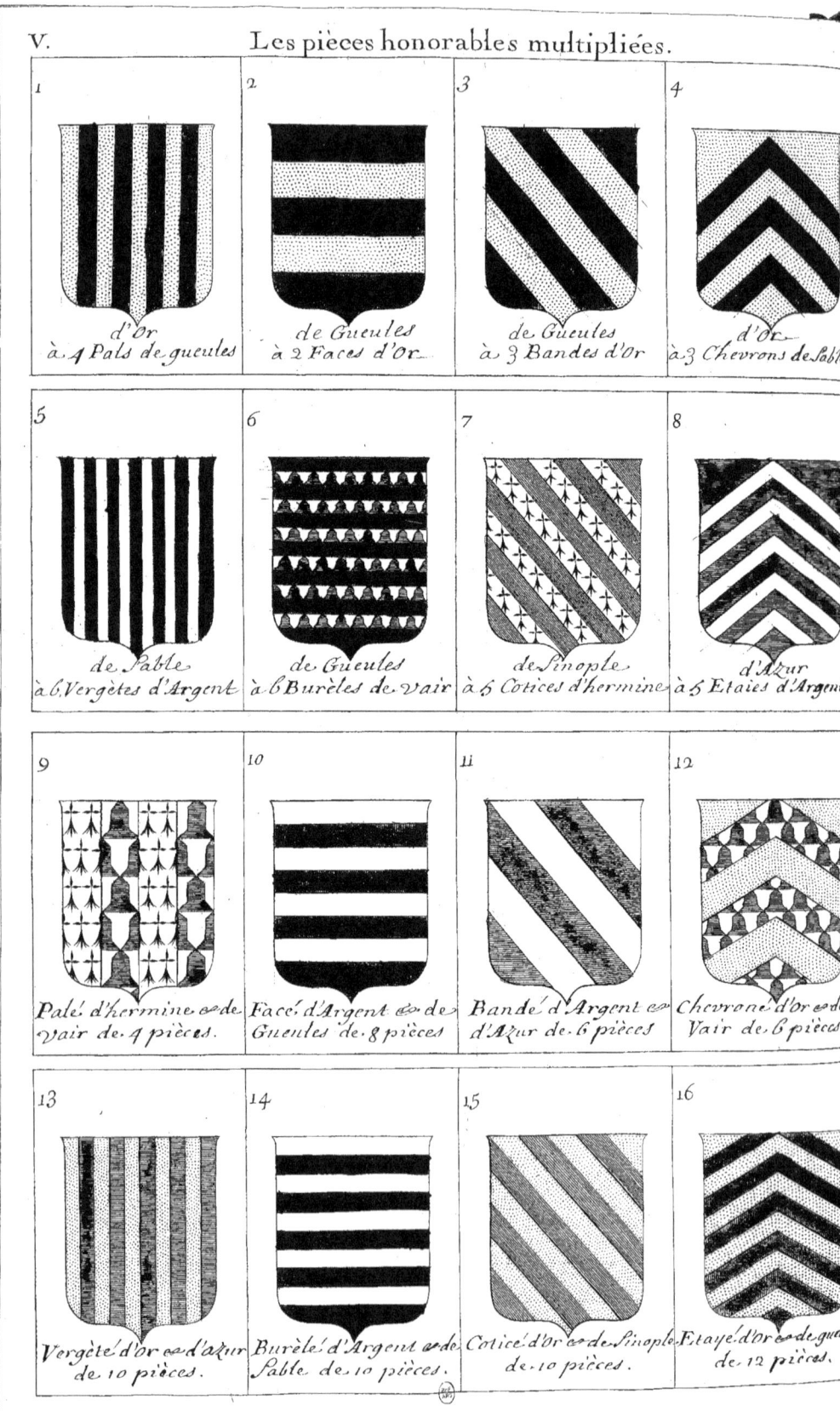

1
d'Or
à 4 Pals de gueules

2
de Gueules
à 2 Faces d'Or

3
de Gueules
à 3 Bandes d'Or

4
d'Or
à 3 Chevrons de Sable

5
de Sable
à 6 Vergètes d'Argent

6
de Gueules
à 6 Burèles de Vair

7
de Sinople
à 5 Cotices d'hermine

8
d'Azur
à 5 Étaies d'Argent

9
Palé d'hermine ⌘ de
Vair de 4 pièces.

10
Facé d'Argent ⌘ de
Gueules de 8 pièces

11
Bandé d'Argent ⌘
d'Azur de 6 pièces

12
Chevroné d'Or ⌘ de
Vair de 6 pièces.

13
Vergèté d'or ⌘ d'azur
de 10 pièces.

14
Burèlé d'Argent ⌘ de
Sable de 10 pièces.

15
Cotice d'Or ⌘ de Sinople
de 10 pièces.

16
Étayé d'Or ⌘ de gueules
de 12 pièces.

DES PIECES HONORABLES
MULTIPLIÉES.

DEs dis pièces honorables que nous avons vuës dans la troi-
fiéme & dans la quatriême Planche, il n'y en a que quatre
qui puiffe être multipliées, favoir le *Pal*, la *Face*, la *Bande*, &
le *Chevron*.

Je ne parle point de la *Bare*, car cète pièce fe trouve fi rare-
mant, qu'il n'eft pas nèceffaire d'en parler ici.

Il ne fe peut pas trouver dans un écu plufieurs *Chefs*, plufieurs
Bordures, ou plufieurs *Franfquartiers* : & pour les *Crois* & les
Sautoirs, s'il s'en trouve plufieurs dans un écu, èles font
fi petites qu'èles ne paffent plus pour pièces honorables.

Voici des exanples de ces pièces honorables multipliées.

Nº 1. Aragon porte d'Or à quatre Pals de gueules.

Nº 2. Harcour porte de gueules à deus faces d'Or.

Nº 3. Ufès porte de gueules à trois baudes d'Or.

Nº 4. Levis porte d'Or à trois chevrons de fable.

Quand les pièces honorables paffent le nombre de quatre, èles
changent de nom, & come èles paffent alors pour des pièces diminuées, èles en prenent le nom. Ainfi on dira

Nº 5.   Porte de *fable* à cinq *Vergètes d'Argent*.

Nº 6.   Porte de *gueules* à fis *Burèles de Vair*.

Nº 7.   Porte de *Sinople* à cinq *Cotices d'hermine*.

Nº 8.   Porte de d'*Azur* à fis *Etaies d'Argent*.

Quand dans l'ècu partagé il y a autant de pièces d'un Email
que de l'autre, on blazone autremant, & l'on dit *palé*, *facé*,
bandé, *chevroné*. Ainfi on dira

Nº 9.   Porte palé d'*hermine* & de *vair* de & de quatre pièces.

Nº 10. Hongrie porte facé d'Argent & de gueules de 8 pièces.

Nº 11. Fiefque porte bandé d'Argent & d'azur de fis pièces.

Nº 12.   Porte chevroné de d'*Or* & de *vair* de fis pièces.

Quand le nombre de ces pièces va à dis ou doufe, on fe fert
de termes pris des noms qu'on a donés aus pièces diminuées.
Ainfi on dira

Nº 13.   Porte *vergèté* de d'*Or* & d'*azur* de dis pièces.

Nº 14. Clerambaut porte *burèlé* d'argent & de fablé de douse dis
pièces.

Nº 15.   Porte *cotice* de d'*Or* & de *Sinople* de dis pièces.

Nº 16. Egmont porte *ètayé* de gueules & d'or de d'or & de gueules de douse pièces.

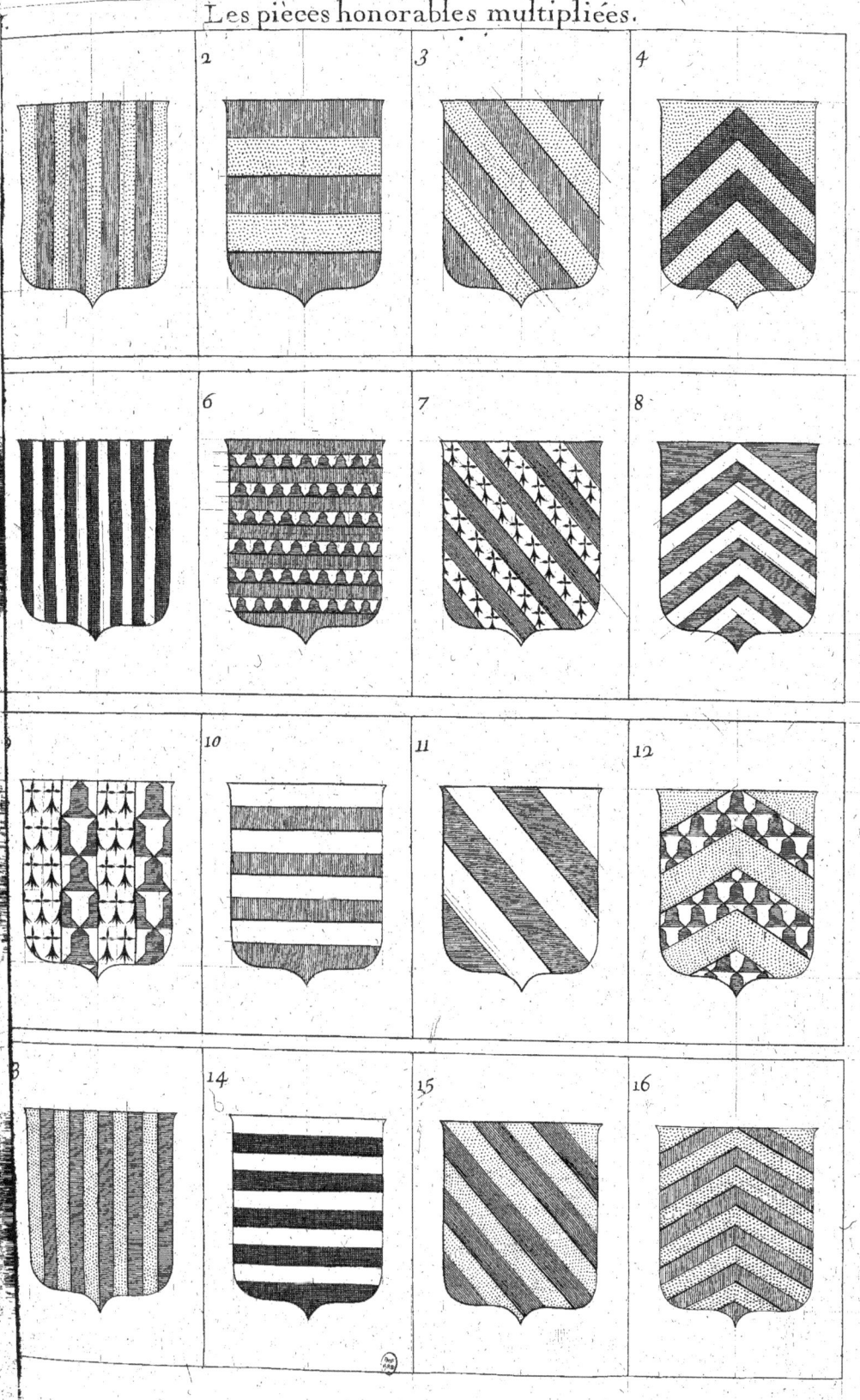

1

d'Argent à la Crois
miparție de pourpre
& de Sable.

2

d'Azur à la Crois
angrêlée d'argent

3

de Gueules à la Crois
dantelée d'argent

4

d'Azur à la Crois
patée d'or.

5

de Gueules à la Crois
alaisée de vair

6

d'or à la Crois
potancée de gueules

7

de Sable à la Crois
recroisetée d'or.

8

d'or à la Crois
ancrée de gueules

9

d'Argent à la Crois
au piéfiché de Sable

10

d'Azur à la Crois
haussée d'hermine

11

d'Argent à la Crois
patriarcale de gueules.

12

de Sinople à la Crois
de Loraine

13

d'or à la Crois
fleurdelisée de gueules

14

de Gueules à la Crois
tréflée d'argent.

15

d'or à la Crois
pometée d'azur.

16

de Gueules à la Crois
cléchée, vuidée
& pometée d'or.

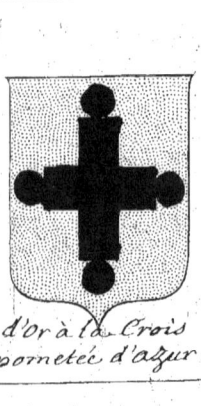

DE DIFERANTES SORTES
DE CROIS.

DE toutes les pièces honorables que nous avons vues jusqu'i-
ci cèle qui est du plus grand usage en Armoiries est la Crois.
Les Expeditions que les Princes & les Etats Crétiens antrepri-
rent pour la conquête de la Têre Sainte furent nomées Croisa-
des, parce que ceus qui s'y angagoient ètoient obligés à porter
sur leurs habits une figure de Crois pour marque de leur anga-
gemant. Ces Expeditions ètoient fort frèquantes lors que l'usage
des Armoiries comansa à s'introduire en Europe : C'est pourquoi
il y eut beaucoup de Princes & de Seigneurs, qui mirent des Crois
sur leurs ècus & dans leurs Armoiries. Mais pour se distinguer les uns des autres, ils variérent extrèmemant ces Crois soit
par la figure soit par les Emaus. C'est ce qui a fait la grande diversité que nous trouvons dans les Crois qui sont amployées dans
les Armoiries. J'ai mis dans cète Planche cèles que j'ai crues les plus
necessaires à conoître : Les voici.

Je mets d'abord quatre Crois qui par leurs extrémités touchent
les bords de l'ècu. Ces quatre Crois sont la *mipartie*, l'*angrèlée*, la *dantelée*, & la *patée*, je les expliquerai avant que de pas-
ser aus autres.

No. 1. La Crois mipartie est de même figure que la Crois que
j'ai rangée antre les pièces honorables de l'ècu, planche 3. No. 13.
& qu'on nome simplemant Crois dans les Armoiries : Mais èle est
composée de deus Emaus diférans, ansorte que chacune des quatre branches de la Crois se trouve en partie de l'un de ces Emaus
& en partie de l'autre, j'ai pris pour example la Crois qui fait les
Armoiries des Ordres de Notre-Dame de Mont-Carmel, & de S.
Lazare de Jerusalem, depuis qu'ils ont été unis par le Roi Henri
le Grand. Voici come on blazone cès armes, d'argent à la Crois
mipartie de pourpre & de sinople. Le pourpre est la couleur de
l'Ordre de N. D. de Mont-Carmel, & le sinople cèle de l'Ordre de
S. Lazare de Jerusalem. Quelques-uns donent la prèmière place
au sinople, parce que l'Ordre de S. Lazare est beaucoup plus ancien que celui de N. D. de Mont-Carmel.

No. 2. La Maison de Daillon dont ètoit le feu Duc du Lude,
porte d'azur à Crois angrèlée d'argent.

D

N°. 3. La Maifon d'Eftourmel porte de gueules à la Crois dantèlée d'argent.

On voit affés par les figures qui font au nombre 2. & 3. de cète
planche, ce que fignifient ces mots d'angrèlée & de dantèlée, c'eft
pourquoi je ne les explique pas, j'en uferai de même dans la fuite
où je ne décrirai point par le difcours la figure des Crois, parce
qu'on les conoîtra fufifamant par les figures que j'ai fait graver.

N°. 4.   porte de *d'azur* à la Crois patée d'or.

N°. 5. La Crois *alaizée* eft de même largeur & de même figure que cèle que l'on apèle fimplemant Crois ; mis èle ne touche
pas les bords de l'ècu.

N°. 6.   porte de *d'Or*, à la Crois potancée de *gueules*.

N°. 7.   porte de *fable* à la Crois recroifetée d'or.

N°. 8. La Maifon d'Aubuffon dont eft le Duc de la Feüillade
Gouverneur de Daufiné, porte d'or à la Crois ancrée de gueules.

Ges trois dernières Crois come l'on voit ne touchent pas les
bords de l'ècu : ainfi on pouroit les nomer Crois alaizées. Mais
parce qu'il eft fort rare d'en rancontrer de ces figures qui touchent
les bords de l'ècu, on fe contante de les diftinguer par les noms que
je viens de leur doner, fans y ajouter celui d'alaizée, qu'on a refer-
vé pour cèle qui ne difère de la Crois ordinaire, que parce qu'èle
ne touche pas les bords de l'ècu.

N°. 9.   porte d'*argent* à la Crois au piéfiché de *fable*.

N°. 10.   porte d'*azur*, à la Crois hauffée de *d'hermine*.
Cète Crois eft de la figure de ces petites Crois d'or que les Evé-
ques portent fur eus atachées à des rubans, on la nome en armoiries Crois *hauffée*, parce que la traverfe n'eft pas au milieu de la
branche perpandiculaire de la Crois, mais placée un peu plus haut.

N°. 11. Schaffembourg ou Afchaffemboutg Vile fur le Mein,
où l'Archevêque de Maïance l'un des huit Electeurs de l'Empire
d'Alemagne fait quelquefois fa rèfidance, porte d'argent à la Crois
Patriarcale de gueules. Nous voyons plufieurs figures ou les
anciens Patriarches font reprèfentés avec des Crois qui ont deus
traverfes dont la plus baffe eft la plus large, c'eft ce qui a fait doner
en armoiries le nom de Crois Patriarcale à cèle que j'ai mife au
N₀. 11.

Les anciens Archevêques de Maïance ètoient autrefois regar-
dés come les Patriarches & les Primats de toute la Germanie, &
ceus d'aujourd'hui tiènent la prèmière place antre les Eclefiafti-
ques de l'Empire d'Alemagne.

N₀. 12. J'ai mis la figure qu'on nome ordinairemant Crois de

Loraine, ce n'eft pas que les Princes de la Maifon de Loraine la portent dans aucun des cartiers de leurs armes : mais ils la mètent fouvant à leurs caroffes, fur leur vaiffèle, fur leurs meubles & dans les peintures de leurs Palais : & alors èle n'eft point anfermée dans un ècuffon, ils la font peindre d'or fur un fond vert ou de finople, & fi quelque autre famille l'amploie dans fes armoiries, on la nome en blafonant la Crois de Loraine.

No. 13.   porte de d'Or, à la Crois fleurdelifée de *gueules*.

No. 14.   porte de *gueules* à la crois trèflée d'*argent*.

No. 15.   porte de d'or, à la crois pometée d'*azur*.

No. 16. Les anciens Contes de Touloufe qui avoient place parmi les douze anciens Pairs de France portoient une crois d'une forme affés extraordinaire, & tèle que je l'ai fait graver au nombre 16. de cète planche. Voici come on peut blafoner leurs armes, de gueules à la crois clèchée, vuidée, & pometée d'or : mais le plus comunémant on dit à la crois de Touloufe.

Il y a une infinité d'autres figures de crois dans les Livres qui traitent de la fiance du blazon, mais come je ne prétans autre chofe dans ce petit Ouvrage que de doner une conoiffance facile des principes du blafon, & de mètre ceus qui le vèront en ètat d'antandre les Livres où j'ai mis les armoiries des Princes de la Maifon Royale de France, des Ducs, des Marèchaus de France, des Chevaliers du S. Efprit & des Empereurs, Rois & Princes Souverains de l'Europe, je me contante de parler ici des chofes les plus ordinaires & les plus nèceffaires à conoître. Dans les Livres dont je viens de parler, on trouvera tout ce qui eft nèceffaire pour antandre les armoiries qu'on y vèra.

Les diverfes fortes de Crois.

1. de Gueules à 3 Lozanges d'Or, posées en Pal.

2. d'Azur à 5 Fuzées d'argent mises en Face.

3. de Gueules à 9 Macles d'Or, 3, 3, & 3.

4. d'Or à 6 Rustres de Gueules, 2, 2 & 2.

5. d'Azur à 6 Bezans d'Argent.

6. d'Or à 3 Tourteaus de Gueules.

7. d'Azur à 10 Etoilles d'Argent, 3, 3, 3, & 1.

8. de Gueules à 5 Molètes d'Or posés en Croix.

9. d'Argent à 5 Roses de Gueules posées en Sautoir.

10. d'Or Semé de Quintefeuilles de Sinople.

11. d'Or à 3 Maillets de Sinople.

12. d'Or à 3 Marteaus de Gueules.

13. d'Azur à 11 Billètes d'Argent, 4, 3, & 4.

14. Lozangé d'Or & de Gueules.

15. Fuzelé d'argent & de Gueules.

16. Echiqueté d'Or & de Gueules.

DE DIFERANTES ESPECES
DE PIECES,
QUI NE SONT PAS PIECES HONORABLES.

APrès les pièces honorables viènent plufieurs autres fortes de pièces qui font beaucoup plus petites que les pièces honorables, & qui ne fe trouvent guères qu'au nombre de 3. de 4. &c. & quelquefois même fans nombre : ainfi dans les exanples que j'en vais doner, j'en mètrai plufieurs d'une même efpèce dans le même ècu.

Du nombre prefqu'infini de ces fortes de pièces j'en ai mis dans cète planche les 13. efpèces les plus confiderables & les plus nèceffaires à conoitre & à diftinguer les unes d'avec les autres.

Ce qu'on nome *Lozange* en armoirie eft une figure de 4. côtés ègaus, mais dont l'angle d'enhaut & celui d'enbas qui fe répondent l'un à l'autre font plus aigus que les deus autres : enforte qu'èle a plus d'étanduë à la prandre de haut en bas qu'à la prandre de droit à gauche

La *fufée* lui reffemble extrememant, toute la diferance eft que la fufée a ancore plus de longueur à proportion de fa largeur, & qu'ainfi les angles d'enhaut & d'enbas font ancore plus aigus que ceus de la Lozange. Quelques gens même arondiffent un peu les angles de la fufée : mais cela n'eft pas de fon effance.

La *Macle* & le *Ruftre* font de la figure de la Lozange : mais ces deus pièces font percées & vuidées dans le milieu & laiffent voir une partie du champ de l'ècu, avec cète diferance que l'ouverture qui eft à la Macle, eft en figure de Lozange, & cèle qui eft au Ruftre eft ronde. Les pièces qui font percées & vuidées de cète faffon, fe noment quelquefois en terme de Blazon des pièces *clèchées*. Je me fuis fervi de ce terme en parlant de la crois de Touloufe, qui eft au nombre 16. de la 6e Planche.

Voici les exanples que j'ai mis de ces 4. fortes de pièces dans ma 7e Planche.

No 1.　porte de *gueules* à 3. lozanges de *d'Or* pofées en pal.

No 2. La Maifon de Senetère dont ètoit le feu Maréchal Duc de la Ferté, porte d'azur à 5. fuzées d'argent mifes en face. On pouroit en blafonant dire d'azur à la face fufelée de 5. pièces d'argent.

N°. 3. Rohan porte de gueules à 9. macles d'or 3. 3. & 3.

Remarqués qu'en blafonant on dit quelquefois la maifon de porte de & quelquefois on dit Rohan, Bourbon, Châtillon, &c. porte fans mètre le mot de Maifon.

N°. 4. porte de d'or à 6. Ruftres de gueules 2, 2, & 2.

Remarqués que quand on blafone des Armoiries où il fe trouve plufieurs pièces femblables, on doit toùjours avoir foin de marquer leur nombre & en quel ordre èles font pofées.

Les *Bezans* & les *Tourteaus* font des pièces abfolumant rondes & fans aucun vuide avec cète diferance que les Bezans font toùjours de metal & que les Tourteaus font toùjours d'une des cinq couleurs.

On prètant que le nom de Bezan marque que ces pièces font des Monoies batuës dans la Vile de Conftantinople qu'on nomoit autrefois Bifance: & ainfi on a eu raifon de ne recevoir dans le blafon fous le nom de Bezan que des pièces de l'un des deus metaus.

N°. 5. Brichanteau Nangis porte d'azur à 6. Bezans d'argent 3, 2. & 1.

N°. 6. Courtenai porte d'or à 3. Tourteaus de gueules 2, & 1.

On pouroit en blafonant dire fimplemant, porte d'or à 3. Tourteaus de gueules, car quand on nome des pièces & qu'on marque qu'il y en a 3. fans marquer de quèle manière èles font placées, on antant toujours qu'èles font pofées 2, & 1.

Il y a cète diferance antre l'*Etoile* & la *Molète*, que la Molète qui eft la partie principale de l'Epron du Cavalier a au milieu un petit trou qui laiffe voir le champ de l'ècu, au lieu qu'à l'Etoile il n'y à point de pareil vuide: il y à de plus cète autre diferance, c'eft que règulièremant l'étoile doit avoir 5. rais, & que quand èle en a davantage, il faut le marquer en blafonant & dire a 6. rais a 8. rais, &c. au lieu que la Molète doit avoir 6. rais ou pointes. *Rais* eft un vieus mot qui fignifie Rayon.

N°. 7. porte de d'azur, à 10. Etoilles d'arg. 3, 3, 3, & 1.

N°. 8. porte de gueules à 5. Molètes de d'or pofées en crois.

La *Rofe* & la *Quintefeuille* font à peu près de même forme, mais la Rofe outre les 5. grandes feuilles qui ranferment toute fa figure, a ancore d'autres petites feuilles vers le milieu, & antre les 5. grandes feuilles on voit de petites pointes de ces fauffes feuilles vertes qui dans les fleurs naturèles foutiènent les feuilles de couleur, qui font toute la beauté de la plante.

N°. 9. porte d'argent à 5. Rofes de *gueules* pofées en Sautoir.

N°. 10. porte d'or, femé de Quintefeuilles de *Sinople*.

Quand en parlant des pièces de blafon de quelque efpèce qu'èles foient, on dit *femé*, cela marque qu'èles y font fans nombre fixe, & alors on voit, foit en haut foit en bas, foit aus côtés de l'écu, des pièces qui n'ont pas toute leur étanduë, & dont il ne paroît qu'une partie.

Les *Maillets* & les *Marteaus* font des inftrumans qui ont un manche & qui fervent à fraper, à cogner fur quelque chofe. La diference qu'il y a eft que le Maillet a la tête beaucoup plus groffe que le Marteau.

N°. 11. Mailli porte d'or à 3. Maillets de Sinople.

N°. 12. la Maifon de Martel, dont eft le Marquis de Clere en Normandie, porte d'or à 3. Marteaus de gueules.

Les Armes de ces 2. Maifons font des Armes parlantes. On apèle en blafon *Armes parlantes* des Armoiries dont les pièces ont un nom qui a du raport au nom de la famille qui les porte.

N°. 13. Beaumanoir Lavardin porte d'azur à 11. *Billètes* d'argent 4, 3, & 4.

Aprés avoir parlé de ces 13. pièces diferantes que nous venons de voir, je croi devoir ajouter que quand tout l'écu eft partagé en pièces de la figure des Lozanges & émaillé de 2. Emaus diferans on le nome *Lozangé*: & que tout de même quand il eft compofé de pièces qui ont la figure de fufées, on dit fufelé.

N°. 14. Cran en Anjou qu'on écrit ordinairemant Craon, porte Lozangé d'or & de gueules.

N°. 15. Grimaldi, qui eft l'une des 4. principales Maifons de Gènes & de laquèle eft le Prince de Monaco, porte fuzelé d'argent & de gueules.

Quand l'écu eft tout partagé en petits carés de 2. Emaus diferans, on le nome *Echiqueté*, parce que les cafes d'un Echiquier font toutes carées & de 2. couleurs diferantes.

N°. 16. la Maifon de Vantadour en Limoufin qui eft fonduë par fame en une branche de Levis, dont eft le Duc de Vantadour, porte Echiqueté d'or & de gueules.

d'Argent
au Lion de Pourpre

2
de Gueules
au Leopard couroné d'or

3
d'Argent au Leopard
lioné d'Azur
armé de Gueules.

4
d'Or au Lion Leopardé
de Gueules
Couroné d'Argent.

d'Azur à 2 Lions afrontés
d'argent, lampassés de
gueules, & armés d'or.

6
d'argt à 2 Lions adossés
d'azur, couronés d'or, armés
& lampassés de gueules

7
de Gueules à 2 Leopars
d'Or, armés d'Azur.

8
d'argt au Lion de gueules
la tête contournée, couroné
d'or, la queüe fourchée
passée en Sautoir.

d'Or
au Lion morné de Sable

10
d'argent au Taureau
de Sable, acorné d'or
& acolé d'azur.

11
d'Azur au Taureau
furieus d'or

12
d'or à 2 Vaches de gueules
acornées, acolés &
clarinées d'azur

de Gueules au cheval gai
& efaré d'argent

14
d'Azur
au Levrier courant d'argt
acolé & bouclé d'or

15
à l'Ours débout de Sable
alumé de gueules.

16
de Sinople
au Sanglier d'argent

21

DES ANIMAUS
A QUATRE PIE'S.

OUtre les pièces que nous avons vuës jufques ici, on ample
dans les Armoiries diverfes autres figures. J'ai mis dans cète
Planche quelques figures d'Animaus à quatre piés, j'ai choifi cèles
qui font les plus ordinaires dans le Blazon. Dans la Planche fuivante je mètrai des figures d'Oifeaus.

De tous les Animaus que l'on peint dans les armoiries le plus
comun eft le Lion. Quand il eft de la figure & dans la pofture re-
prefantées N°. 1. on le nome fimplemant Lion. Le Leopard eft
règulièremant tel qu'il eft reprefanté N . 2. En Blazon le Lion
ne montre jamais qu'un œil & le Leopard en montre deus. Quand
le Leopard eft élevé fur fes deus piés de dérière & qu'il a les deus
piés de devant en l'air, come il eft reprefanté au nombre 3. on
le nome Leopard *Lioné*, parce qu'il eft dans la fituation qui eft
propre au Lion. Quand le Lion eft reprefanté come paffant ou
marchant, tel qu'il eft au nombre 4. on le nome Lion *Leopardé*,
parce qu'il eft dans la pofture & dans la fituation ordinaires du
Leopard.

Quand il y a deus Lions élevés fur leurs piés de dérière, &
qu'ils fe regardent l'un l'autre come ils font au nombre 5. on
dit en blazonant deus Lions *afrontés*: Quand au lieu de fe regar-
der l'un l'autre ils fe tournent le dos, come ils font au nombre 6.
on dit en blazonant deus Lions *adoffés*.

S'il y a dans un ècu deus Leopars l'un au-deffus de l'autre, &
dans leur fituation ordinaire come ils font au nombre 7. on dit
fimplemant à deus Leopars, & cela fufit pour marquer & qu'ils
font paffans & qu'ils font l'un fur l'autre.

Si le Lion aïant les piés de devant tournés vers la partie droite
de l'ècu, come il les doit avoir règulièremant, tourne la tète
vers la partie gauche de l'ècu, come celui qui eft au nombre 8.
on dit qu'il a la tète *contournée*.

La queuë du Lion come cèle de tous les autres Animaus eft
toute d'une fuite, & fi on peut ainfi dire d'un feul brin, come on le
voit dans les prèmiers nombres de cète Planche. Mais dans les
armoiries on a quelquefois pris plaifir à fe figurer des chofes ex-
traordinaires, & il y a des gens qui ont mis dans leurs ècus des
Lions dont la queuë ètoit fourchée & de deus brins, pour
doner plus de grace à la figure, ils ont paffé ces deus brins de queuë
l'un fur l'autre come on voit au nombre 8. alors on dit en blazo-

F

nant au Lion de   la *queuë fourchée paſſée en ſautoir.*

Les Lions qu'on amploie dans les armoiries ont ordinairemant la gueule un peu antre-ouverte, & de cète gueule il ſort une langue qui s'avance fort en dehors, ſi cète langue eſt d'un èmail diſèrant de celui du Lion même, on exprime cète diſèrance en ſe ſervant du mot de *Lampaſſé.* Les Lions du Blazon ont auſſi des grifes, ſi ces grifes ſont d'un èmail diſèrant de celui du Lion, on exprime cète diſèrance par le mot de *armé*, come nous alons voir.

Si le Lion n'a ni langue ni grife, on le nome Lion *morné* tel qu'eſt celui du nombre 9.

Si au-deſſus de la tête du Lion on a mis une petite courone, on l'exprime toujours en blaſonant, & on dit au Lion *couroné*, ſi la courone eſt de même èmail que le Lion, on n'exprime le nom de l'èmail qu'après le mot de couroné: mais ſi la courone eſt d'un èmail diſèrant de celui du Lion, on dit au Lion de   couroné de

Tout cela s'antandra mieus par ce que je vais dire en blaſonant les 9. prèmiers ècus de cète Planche.

Tous ces termes de lampaſſé, armé, couroné, afronté, leopardé &c. ſe noment les *atribus* du Lion, on s'en ſert auſſi quelquefois en parlant des Leopars. Nous vêrons dans les nombres ſuivans quelques-uns des atribus qui convièrent aus autres Animaus.

N°. 1. Le Royaume de Leon porte d'argent au Lion de pourpre.

Remarqués que quoique ce Lion ait une langue & des grifes, on ne dit point lampaſſé & armé, parce que tout Lion eſt cenſé avoir une langue & des grifes, & qu'on n'ajoûte les termes de lampaſſé & d'armé, que quand cète langue & ces grifes ſont d'un èmail diſèrant de celui de l'animal.

N. 2. De gueules au Leopard couroné d'or.

Ce Leopard a des grifes, & l'on ne dit point en blaſonant qu'il eſt armé par la raiſon que je viens de dire au nombre 1. Mais on dit qu'il eſt couroné, parce que la courone n'eſt pas eſſanciele à ces Animaus. L'on ne dit le nom de l'èmail qu'après le mot de couroné, parce que l'animal & la courone ſont du même èmail.

N°. 3. D'Argent au Leopard lioné d'azur, armé de gueules.

On ajoûte le mot d'armé, parce que les grifes ſont d'un èmail diſèrant de celui de l'animal.

N°. 4. D'or au Lion leopardé de gueules couroné d'argent.

On marque ſéparemant le mètal de l'animal & celui de la courone, parce qu'ils ſont diſèrans.

N°. 5. D'azur a deus Lions afrontés d'argent, lampaſſés de gueules & armés d'or.

No. 6. D'argent a deus Lions adoſſés d'azur, couronés d'or, armés & lampaſſés de gueules.

No. 7. La Normandie porte de gueules à deus Leopars d'or armés d'azur.

No. 8. D'argent au Lion de gueules la tête contournée, couroné d'or, la queuë fourchée paſſée en ſautoir.

N°. 9. D'or au Lion morné de ſable.

Le terme de morné montre que ce Lion n'a ni grifes ni langue.

On ſe ſert en armoiries de Taureaus & de Vaches, la diférance qu'il y a antre ces Animaüs, eſt antr'autres que le Taureau a un toupet de poil antre les cornes, ce que n'a pas la Vache ; que la tête de la Vache eſt plus alongée que cèle du Taureau ; & que la Vache a toujours la queuë paſſée ſur le flanc.

N°. 10. D'argent au Taureau de ſable, acorné d'or & acolé d'azur.

On ſe ſert du terme d'*acorné* quand les cornes ſont d'un émail diférant de celui de l'animal, & de celui d'*acolé* quand il a un colier.

N°. 11.　　　porte d'azur au Taureau furieus d'or.

Ce terme de *furieus* marque que le Taureau eſt levé ſur ſes deus piés de dérière.

N°. 12. La Principauté de Bear porte d'or à deus Vaches de gueules, acornées, acolées & clarinées d'azur. Je viens d'expliquer ces termes d'acorné & d'acolé, pour celui de *clariné*, il marque la clochète qui pand au colier de l'animal.

N°. 13. Les Franſois n'ampoient guères le Cheval dans leurs armoiries, j'ai mis ici les Armes de Veſtfalie qui ſont de gueules au Cheval gai & èfaré d'argent, on dit *gai* pour marquer qu'il n'a ni ſèle ni bride, & *èfaré* pour dire qu'il eſt levé ſur les deus piés de dérière.

N°. 14. Nicolaï, d'azur au Levrier courant d'argent, acolé & bouclé d'or, le terme *courant* exprime l'état ou paroit cet animal, j'ai expliqué le terme d'acolé, & pour celui de *bouclé*, il eſt pour marquer la boucle qui eſt atachée au colier.

N°. 15. D'or à l'Ours debout de ſable alumé de gueules.

Le mot *debout* exprime la ſituation de cet animal. On dit *alumé* quand les yeus de l'animal ſont d'un émail diférant de celui du reſte du corps.

N°. 16. De Sinople au Sanglier d'argent.

Il y a beaucoup d'autres Animaus à quatre piés, que je ferai conoître à meſure qu'ils ſe préſanteront dans les Ouvrages qui ſuivront celui-ci.

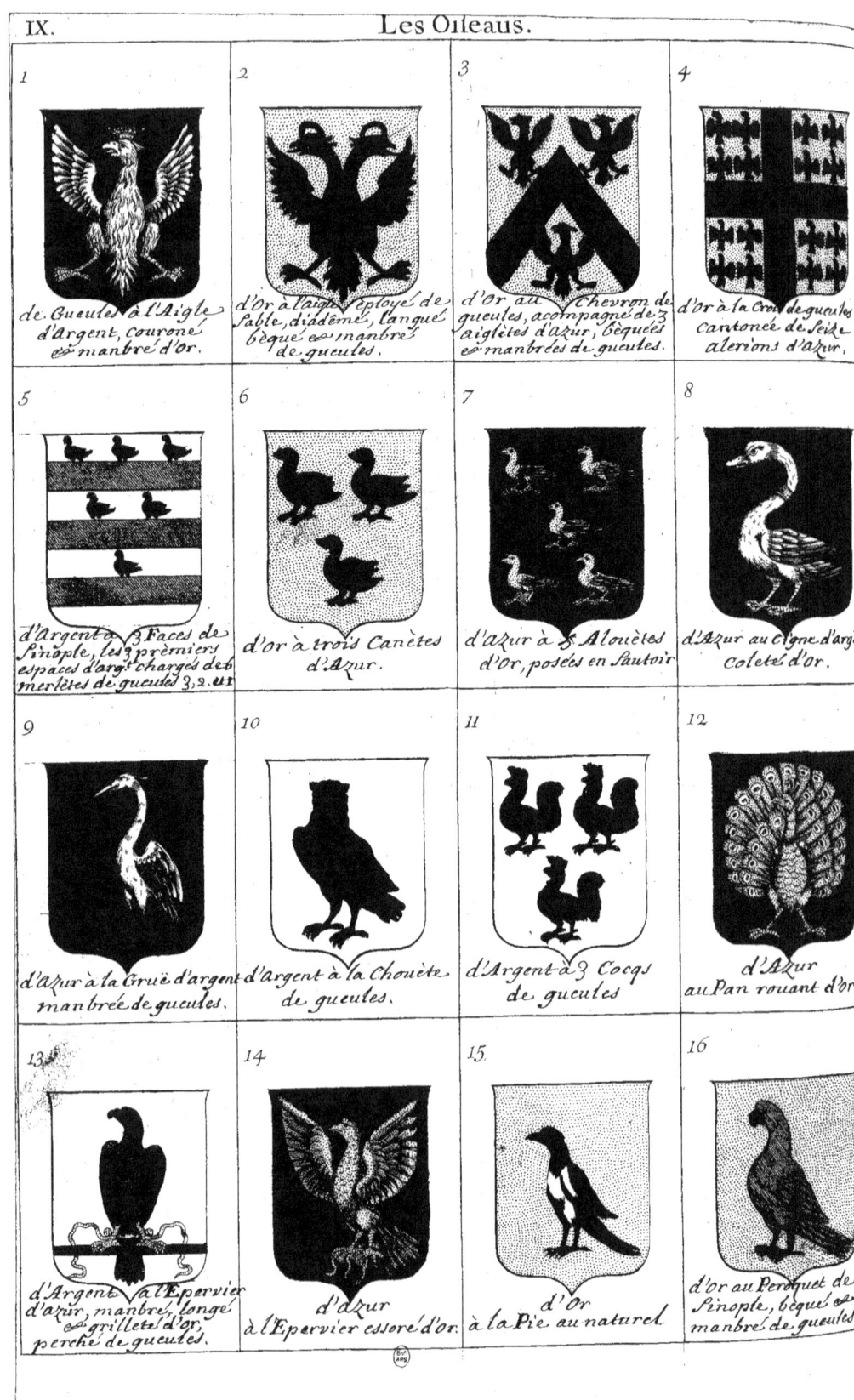

1. de Gueules à l'Aigle d'Argent, couroné et manbré d'or.

2. d'Or à l'aigle éployé de ſable, diadêmé, langué béqué et manbré de gueules.

3. d'Or au chevron de gueules, acompagné de 3 aiglètes d'azur, béqueés et manbrées de gueules.

4. d'or à la Croix de gueules cantonée de ſeize alerions d'azur.

5. d'Argent à 3 Faces de Sinople, les 3 prèmiers espaces d'argt chargés de 6 merletes de gueules 3, 2, et 1.

6. d'or à trois Canètes d'Azur.

7. d'azur à 5 Alouètes d'or, poſées en ſautoir.

8. d'Azur au Cigne d'argt coleté d'or.

9. d'Azur à la Gruë d'argent manbrée de gueules.

10. d'argent à la Chouète de gueules.

11. d'Argent à 3 Cocqs de gueules.

12. d'Azur au Pan rouant d'or.

13. d'Argent à l'Epervier d'azur, manbré, longé et grilleté d'or, perché de gueules.

14. d'azur à l'Epervier essoré d'or.

15. d'Or à la Pie au naturel.

16. d'or au Peroquet de Sinople, béqué et manbré de gueules.

DES OISEAUS

DE tous les Oiseaus celui qu'on amploie le plus ordinairemant en armoiries est l'Aigle.

Quand il n'a qu'une tête, & qu'il est de la figure reprefentée
au Nombre 1. on le nome fimplemant Aigle, quand il en a deus
come au Nombre 2. on le nome Aigle èployé.

N. 1. Le Royaume de Pologne porte de gueules à l'Aigle
d'argent couroné & mambré d'or.

N. 2. L'Empire d'Alemagne porte d'or à l'Aigle èployé de
fable diadêmé, langué, bèqué, & mambré de gueules.

Cet Aigle a quatre atributs, les trois prèmiers, favoir diadêmé, langué, bèqué, s'antandent aifémant: pour *mambré*, il marque toute la Jambe de l'Oifeau : s'il n'y avoit que les ongles qui
fuffent d'un èmail difèrant du refte, on diroit onglé.

Quoique les piés & les ongles de l'Aigle & des autres Oifeaus
de proie, foient leurs armes come les piés du Lion & du Leopard, &c. font les leurs, cepandant on ne dit armé, qu'en parlant
des animaus à quatre piés, & mambré, en parlant des oifeaus.

Quand il y a plufieurs Aigles dans un ècu, on les nome ordinairemant Aiglètes.

No. 3. La Trimouille porte d'or au chevron de gueules, acompagné de 3. aiglètes d'azur, bèquées & mambrées de gueules.

Les Alèrions font de même figure que les aigles & les aiglètes,
mais ils n'ont ni bec ni jambes.

N. 4. Monmoranci porte d'or à la crois de gueules, cantonée
de 16. alèrions d'azur.

Je me fuis fervi au Nombre 3. du terme de *acompagné*, je me
fers ici de celui de *çantoné*, j'expliquerai à la planche 11. tous les termes dont on fe fert pour marquer les difèrantes manières dont les
pièces principales des Armoiries, font jointes avec d'autres pièces
dans un même ècu.

Les Merlètes n'ont ni bec ni jambes, non plus que les Alèrions,
mais èles font dans une fituation difèrante.

No. 5. Beauviliers porte d'argent à trois faces de finople, les 3.
prèmiers efpaces d'argent chargés de 6. merlètes de gueules 3. 2. & 1.

Les Canètes font dans la même fituation que les Merlètes, &
à peu près de la même forme, mais èles ont des jambes & un bec.

No. 6.   d'or à 3. Canètes d'azur.

Quand le bec & les jambes des Canètes font d'un èmail difè-

G

rant de celui du refte du cors, on le marque par les mots de, mambré, & de bèqué.

La figure des alouètes eft un peu diférante de cèle des canètes, mais leur fituation eft la méme, c'eft-à-dire qu'èles font fur leurs deus piés, & qu'èles ont la tête tournée vers le côté droit de l'ècu.

No. 7. Les anciènes Armes du Pays d'Autriche font d'azur à 3. alouètes d'or pofées en fautoir.

No. 8. Le Duché de Stormarie, qui fait partie des Etats du Roi de Danemarc, porte d'azur au Cigne d'argent coleté d'or.

Ce mot de *coleté* fignifie la méme chofe que celui d'acolé, que nous avons déja vu, & l'on l'amploie pour marquer ce qui eft paffé dans le col de l'animal.

No. 9.   d'azur, a la Grüe d'argent mambrée de gueules.

Règulièremant la Grüe eft fur fes deus piés : Quand èle a un pié levé & avancé, on la nome grüe *marchante*.

On confond fouvant la Grüe avec la Cigogne.

No. 10. d'Argent, a la Chouète de gueules.

On confond fouvent la Chouète & le Hibou, mais il il n'y a propremant que la Chouète qui s'amploie en armoiries.

No. 11. La Maifon de Rouffel de Medavi de Grancé, porte d'argent a 3. Cocqs de gueules.

Le Cocq a une crête & des barbes : Quand cète crête & ces barbes font d'un èmail diférant de celui du cors de l'animal, on l'exprime par les termes de *crêté* & de *barbé*.

La Poule eft à peu près de la figure du Cocq, mais èle n'a point d'argots au derière des piés, & fa tête eft moins èlevée que cèle du Cocq.

No. 12.   d'Azur au Pan rouant d'or

Le terme de *rouant* marque qu'il fait la roue avec fa queuë; quand on le reprefante les plumes abaiffées, on dit fimplemant porte de   au Pan de

No. 13. d'Argent a l'Epervier d'azur mambré, longé, & grilleté d'or, perché de gueules.

On dit *longé*, pour marquer les longes ou petites couroies qu'on atache aus piés de cet Oifeau, *grilleté* eft pour les grelots qui tiènent aus longes, & *perché* pour marquer l'èmail de la perche fur laquèle il eft.

L'Epervier fe met en plufieurs autres figures : quand il a les ailes ètandues pour prandre fon effort & pour voler, on le nome *effforé* ou *efforant*.

No. 14. Le Tonelier de Breteuil porte d'azur à l'Epervier ef-
foré d'or.

Le Faucon eft un autre Oifeau de proie qui reffamble fort à
l'Epervier.

No. 15.   d'Or à la pie au naturel.

On fe fert quelquefois de ces mots *au naturel* quand on veut
dire qu'on a exprimé dans l'ecu les couleurs naturèles a la chofe
qu'on y reprefante, quand on parle d'une figure humaine on dit
quelquefois *de carnation*, pour marquer que les 5. couleurs du
Blazon ne reprefantant pas exaĉtemant les couleurs naturèles de
la peau d'un home, d'une fame, on a pris cèle dont les Peintres fe
ferviroient dans un portrait ou dans un tableau.

No. 16.   d'Or au Pèroquet de finople bèqué &
mambré de gueules.

Au lieu de Pèroquet on dit quelquefois *Papegai* : la Langue
Italiène apèle Papagallo l'Oifeau que nous apèlons Pèroquet.

1. de Gueules
Papeloné d'Argent.

2. d'Or
Frèté de Gueules.

3. Contrehermine.

4. Vairé d'Or
et de Gueules.

5. d'argent à 2 Faces
pliées d'azur.

6. d'Or à la Bande
vivrée d'azur.

7. d'Azur à 3 Faces
ondées d'or.

8. de Gueules à 3 Faces
ondées-antées d'arg.

9. de Gueules à la Face
Crenelée d'argent.

10. d'azur à la Bande
bretessée d'Or.

11. d'Or à la Face
Contrebretessée de gueules.

12. Semé de France
à la Bordure componée
d'argent et de gueules.

13. Coupé d'argent et d'azur
à 6 fleurs de lis
de l'un en l'autre.

14. Burelé d'arg.t et d'azur
à 3 chevrons de gueules
brochant sur le tout
le Chevron d'en haut écimé.

15. de Gueules à 3 Faces
échiquetées d'argent et
d'azur de 2 traits.

16. de Gueules à la Croix
d'Or frètée d'azur.

DES ATRIBUTS.

A Près avoir parlé des diférantes fortes de pièces qu'on a vues dans les Tables précédantes, il eſt tems de parler des Atributs.

En termes de Blazon, on apèle *Atribut* un mot, une èpitète qui jointe au nom de la pièce, marque en quoi èle difère des autres pièces de la même eſpèce.

Par exanple dans la fifiême Planche les mots *d'Angrêlée ; Alaiſée* &c. ajoutés au mot de Crois, marquent en quoi ces Crois font diférantes, ou de cèle qu'on nome fimplemant Crois, ou des autres Crois qui ont auſſi leurs Atributs particuliers.

Pour parler en Grammairien, les Atributs font des adjectifs ajoutés aus fubſtantifs, qui défignent la nature de la pièce. Le mot de Crois eſt un fubſtantif qui marque le genre de cète pièce, angrêlée eſt un adjectif, qui marque la diférance qui diſtingue cète Crois d'avec les autres Crois.

Il y a des Atributs qui convièment à tout l'Ecu, il y en a qui ne convièment qu'à des pièces, les mots de *Parti, Coupé* &c. que nous avons vus dans la troifiême Planche, font des Atribus de tout l'Ecu, puifque c'eſt de tout l'Ecu qu'on dit qu'il eſt parti, qu'il eſt coupé. Les mots de *Facé, Palé, Burelé* &c. que nous avons vus dans la cinquiême Planche, font auſſi des Atributs de tout l'Ecu, puifque c'eſt de tout l'Ecu qu'on dit qu'il eſt facé, qu'il eſt palé : car quand on dit un tel porte facé de
& de   , c'eſt come ſi on difoit qu'il porte un Ecu facé
de   & de

Les mots de *Semé, Fuſelé* &c. que nous avons vus à la fetiéme Planche, font auſſi des Atributs de tout l'Ecu.

Outre les Atributs de tout l'Ecu que nous avons vus, en voici d'autres, *Papeloné, Frété, Contreherminé, Vairé.*

Nᵒ. 1.   de Gueules *Papeloné* d'Argent.

On pretand que papeloné eſt pour dire papilloné ou femé d'ailes de Papillons.

Nᵒ. 2.   d'Or *Frété* de Gueules.

Nᵒ. 3.   *Contreherminé.*

C'eſt la même figure que l'Hermine dont j'ai parlé à la prèmière Planche, mais les Emaus font diférans : car ici le fond ou le champ de l'Ecu eſt de fable, & les moucheutures font d'argent.

N°. 4. Baufremont porte *vairé* d'Or & de Gueules.

Le Vairé est composé des mêmes figures que le vair dont j'ai parlé à la première planche, mais les émaus sont diférans.

Il y a plusieurs Atributs qui conviènent aus pièces honorables, voici les huit qui sont les plus nècessaires à conoître.

Plié, Vivré, Ondé, Ondé-anté, Crenelé, Breteffé, Contrebreteffé, Componé.

En voici des exanples

N°. 5. de *d'argent* à 2. Faces *pliées d'azur*.

N°. 6. La Maison de la Baume, dont est le M^al de Monrevel, porte d'Or à la bande *vivrée* d'Azur.

N°. 7. La Maison de Toulonjon de Bourgogne, qui est fondue par fame dans la Maison du Duc de Granmont, porte d'Azur à trois faces *ondées* d'or.

N°. 8. La Maison de Rochechouart, dont est le Duc de Mortemar, porte de gueules à trois faces *Ondées-Antées* d'argent.

Quelques-uns en blazonant ces sortes de pièces, disent *ondées antées, nèbulées.*

N°. 9. de *gueules* à la face *crenelée d'argent*.

N°. 10. d'Azur à la bande *breteffée* d'Or.

Le Breteffé difère du Crenelé en ce qu'il a des Creneaus des deus côtés.

N°. 11. de *d'Or*, à la Face *Contrebreteffée de gueules*.

Le Contrebreteffé difère du Breteffé, en ce que au breteffé les creneaus qui sont d'un côté de la pièce, repondent à ceus qui sont de l'autre côté : au lieu qu'au contrebreteffé les creneaus d'un côté repondent aus espaces vuides du côté oposé.

N°. 12. Les armes qu'on apèle ordinairemant Bourgogne moderne, sont semées de France à la bordure *componée* d'argent & de gueules.

Il y a des Atributs qui servent à marquer la manière dont une ou plusieurs pièces sont placées sur plusieurs autres, en voici deus, *de l'un en l'autre, & brochant sur le tout.*

N°. 13. Coupé d'argent & d'azur à sis Fleurs de Lis de *l'un en l'autre*.

Ces mots de l'un en l'autre, signifient que les Fleurs de Lis qui sont sur l'argent sont d'azur, & que cèles qui sont sur l'azur sont d'argent.

N°. 14. La Rochefoucaut porte burelé d'argent & d'azur à trois chevrons de gueules *brochant sur le tout*, le chevron d'en haut ecimé.

Ces mots brochant sur le tout ajoutés à ceus de chevrons, si-

gnifient que ces chevrons couvrent & cachent les parties des burèles fur lefquèles ils font.

Le mot *Ecimé* fignifie que la cime ou le haut de ce chevron
eft coupé.

Il y a des Atributs qui peuvent convenir, & à l'Ecu tout antier, & à une pièce en particulier, en voici deus exanples, *Echi-*
queté & Frété

N°. 15. La Maifon du Cambout dont eft le Duc de Coálin,
porte de gueules à 3. faces *echiquetées* d'argent & d'azur de 2.
traits.

Nous avons vu à la planche 7. n°. 16. que quelquefois tout
l'Ecu eft èchiqueté. Ici nous voyons que des pièces honorables
font èchiquetées

On dit en blazonant de 2. *traits*, pour marquer qu'il y a à
chaque face 2. rangées de ces petits carés qui reprefantent les
cafes d'un èchiquier

N°. 16.   porte de *gueules*, à la crois *d'or frétée d'azur.*
Nous avons vu au nombre 2. de cète planche que quelquefois
tout l'Ecu eft frété. Ici nous voyons qu'une pièce particulière
peut être aufli frétée.

Outre ces Atributs, il y en a un grand nombre d'autres que
nous expliquerons en blazonant les Armoiries des Princes &
des Seigneurs.

Il y a aufli des Atributs qui font propres aus Animaus, j'en
ai expliqué quelques-uns dans les planches 8. & 9.

On pouroit mètre aufli au nombre des Atribyrs, les termes
dont on fe fert pour marquer les diférantes manières, dont une
pièce principale eft chargée ou acompagnée de quelques autres,
j'en parlerai dans la planche fuivante.

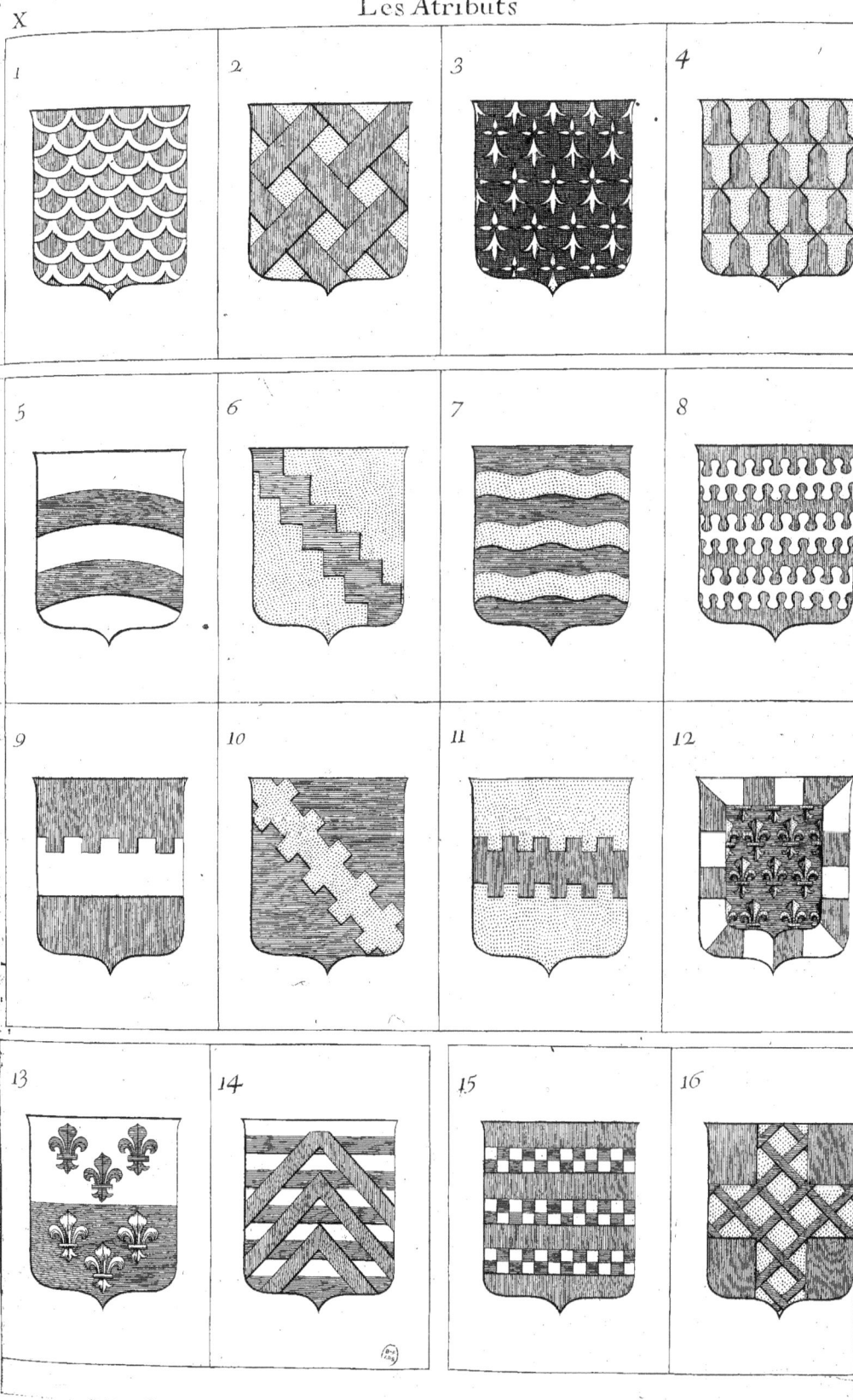

1
d'Or à la Bande de Gueules, chargée de 3 Alerions d'Argent.

2
d'Or au Pal de Gueules chargé de 3 Chevrons d'Argent.

3
d'Argent au Chef d'azur chargé d'une fleur de lis d'Or antre 2 Etoiles d'arg.t

4
d'or à la Face de gueules chargée d'un croissant montant d'argent, accompagné à droite d'une Epée d'or la pointe en haut & en pointe d'une quatre feuille de même.

5
d'Argent à 3 Pals de gueules, au chef d'azur chargé de 2 Roses d'argent.

6
d'azur à la Face d'arg.t chargée d'une crois alaisée de gueules & d'un Sautoir alaisé de Sinople.

7
de Gueules à la Bande d'or chargée d'un Ours de Sable.

8
de Gueules à 3 Pals de vair au chef d'or chargé au Canton dextre d'une Merlete de Sable.

9
d'Argent à la Crois angrelée de gueules, chargée de 5 Coquilles d'Or.

10
d'Or au Sautoir de gueules chargé de 5 Etoiles d'arg.t

11
d'Azur au Chevron d'arg.t chargé de 3 Roses de gueules.

12
de Gueules au Sautoir d'or chargé d'un Sautoir alaisé de Sinople.

13
Facé d'Or & de Sable de 6 pièces au chef de gueules, chargé du mot LIBERTAS en lêtres d'Or.

14
d'or à 2 Loups passans de Sable, à la Bordure de gueules chargée de 8 Coquilles d'argent & de 8 S capitales de même antre les Coquilles.

15
d'Or à la crois de gueules cantonée de 16 alerions d'azur, la crois chargée en coeur d'un écusson d'arg.t au lion de gueules, la queue fourchée passée en Sautoir, armé & couroné d'or.

16
d'or à l'aigle éployée de Sable, diadêmé, langué, béqué & mambré de gueules, chargé en coeur d'un écusson parti d'Autriche & de Bourgogne ancien.

Cète Merlète eſt une briſure de la branche de Chatillon qui ſubſiſte aujourd'hui , toutes les autres branches de cète Maiſon n'ont pas porté la merlète.

N . 9. La Maiſon du Pleſſis , dont ètoit le feu Duc de Liancour, dont la Maiſon eſt tombée par fame dans cèle du Duc de la Roche-foucaut, porte d'argent à la *croïs* de gueules , chargée de cinq co-quilles d'or.

N . 10.　　　porte d'Or au ſautoir de gueules , chargé de cinq ètoiles d'argent.

Quand une crois ou un ſantoir ſont chargés de cinq pièces , ces cinq pièces ſont règulièremant dans l'arangemant où ſont les co-quilles & les ètoiles de ces deus ècus.

N . 11.　　　d'Azur au chevron d'argent chargé de trois roſes de gueules.

Quand on dit qu'un chevron eſt chargé de trois pièces, on antant qu'èles ſont dans la ſituation où ſont ces trois roſes.

N . 12.　　　de gueules au ſautoir d'Or , chargé d'un ſautoir alaiſé de ſinople.

Il eſt aſſés rare de voir une pièce chargée d'une autre pièce de même nature, come dans cet exanple.

N . 13. Magaloti de Florance porte facé d'or & de ſable de ſis pièces, au chef de gueules chargé du mot LIBERTAS en lètres d'or.

Il y a fort peu d'armoiries où l'on trouve des mots antiers, il y en a auſſi fort peu où l'on trouve de ſimples lètres , come dans l'exanple ſuivant.

N . 14. Cardenas porte d'or à deus loups paſſans de ſable à la bor-dure de gueules, chargée de huit coquilles d'argent & de huit S. ca-pitales de même antre les coquilles.

Je me ſers de mots *de même* après S capitales pour dire qu'èles ſont d'argent. Quand on a nomé l'èmail d'une pièce & qu'on vient anſuite à parler d'une autre pièce de même èmail on ne repete pas le nom de l'èmail , mais on dit *de même*.

La Maiſon de Cardenas en Eſpagne a poſſedé le Duché de Maqué-da qu'une hèritière a porté dans la Maiſon des Ducs d'Aveiro, dont l'hèritière eſt mère des Ducs d'Arcos & de Bagnos, ainſi le Duc d'Arcos ſera Duc de Maquéda après la Ducheſſe ſa mère.

Voici une autre manière de charger une pièce , c'eſt de mètre deſſus un ècu, qu'on doit en ce cas nomer toujours Ecuſſon.

N . 15. Le Duc de Luxambourg qui eſt de la Maiſon de Mon-

DES PIECES CHARGE'ES.

J'Ai dit qu'on pouvoit mètre au nombre des atributs des pièces d'être chargées de quelques autres pièces.

Quelquefois les pièces dont les autres font chargées, font feules, quelquefois èles font en plus grand nombre.

Quelquefois èles font toutes famblables, quèlquefois il y en a deus ou un plus grand nombre qui font diférantes les unes des autres, comé on véra par les exanples fuivans. Ces exanples ferviront auffi à faire voir de quèle manière il faut blazoner les armoiries où il fe trouve des pièces chargées.

N°. 1. La Maifon de Loraine porte d'Or à la bande de gueules chargée de trois alèrions d'argent.

N°. 2. Neuchatel en Suiffe porte d'Or au Pal de gueules, chargé de trois chevrons d'argent.

N°. 3.   porte d'argent au chef d'azur, chargé d'une fl de lis d'or antre deus ètoiles d'argent.

N°. 4.   porte d'Or à la face de gueules, chargé Croiffant montant d'argent acompagné à droite d'une èpé pointe en haut, & à gauche d'une quartefeuille de mèr

J'ai ajouté le mot de *montant* à celui de croiffant poi de quèle manière ce croiffant èft tourné, s'il ètoit ti autre manière on le marqueroit par d'autres termes rons peut être des exanples dans la fuite.

Au mot d'èpée j'ai ajouté *la pointe en haut*, pa peuvent être pofées autremant.

J'ai parlé des quintefeuilles dans la feptième point ancore parlé des *quartefeuilles*, ces fort rares.

N°. 5. Beringhen, qu'on prononce or porte d'argent à trois pals de gueules, au deus rofes d'argent.

N°. 6.   porte d'azur à la fa Crois alaifée de gueules, & d'un fau'

N°. 7. Berne, qui èft un des trei gueules à la bande d'or chargée d'i

Ce font des armes parlantes, ca gue qu'on parle à Berne, fignifi

N°. 8. La Maifon de Chati' trois pals de vair, au chef d'o' lète de fable.

On dit quelquefois *dex* gauche.

moranci, porte de Monmoranci come nous l'avons blazoné à la Planche 9. N. 4. la crois chargée en cœur d'un écusson aus armes de Limbourg qui sont d'argent au lion de gueules la queuë fourché passée en sautoir, lampassé, armé & couroné d'or.

On apèle par abus ces armes, armes de Luxambourg : Voici le fait.

Les anciens Contes de Luxambourg portoient burelé d'argent & d'azur au lion de gueules armé, lampassé & couroné d'or. Une hèritière de cète maison èpousa un Duc de Limbourg, de ce mariage il vint deus branches, les Princes de la branche aînée furent Contes, puis Ducs de Luxambourg, & portèrent les armes de Luxambourg, il y en a eu quatre qui ont èté Empereurs d'Alemagne, les Cadets furent Contes de Ligni en Barois & gardèrent les armes de la Maison de Limbourg. Ils devinrent Ducs de Pinei en Champagne, la fille aînée de l'hèritère de cète branche porta le Duché de Pinei à son mari le Conte de Bouteville de la Maison de Monmoranci, il se noma Duc de Luxambourg, & chargea les armes de Monmoranci d'un Ecusson aus armes qu'avoient portées les Seigneurs de la Maison de Ligni. Il est mort Marèchal de France Gouverneur de Normandie, Capitaine des Gardes du Cors &c. Le Duc de Luxambourg d'aujourd'hui est son fils & porte les mêmes armes.

N . 16. L'Empereur porte quelquefois l'Aigle de l'Empire chargé en cœur d'un Ecusson parti d'Autriche & de Bourgogne ancien.

A la Planche 9. N .2. J'ai blazoné les armes de l'Empire. Autriche porte de gueules à la face d'argent, & les armes de Bourgogne ancien sont face d'or & d'azur de 6. pièces à la bordure de gueules, ce sont les armes que portèrent les Ducs de Bourgogne descendans de Robert fils cadet du Roi Robert.

Le mariage de Maximilien Empereur avec Marie hèritière de la seconde Maison de Bourgogne, a aporté tant de téres dans la Maison d'Autriche, que les Princes de cète Maison se sont fait un honneur de porter les armes de Bourgogne. Quelquefois ils ont mis Bourgogne ancien & Bourgogne moderne. C'est ainsi qu'en ont usé les Rois d'Espagne, come on vèra dans l'Explication hiftorique que j'ai faite des Armoiries du Roi d'Espagne. Pour les Empereurs ils ont preferé les armes de Bourgogne ancien où il n'y a point de fleur de lis, à cèles de Bourgogne moderne où il y en a.

Les pièces chargées

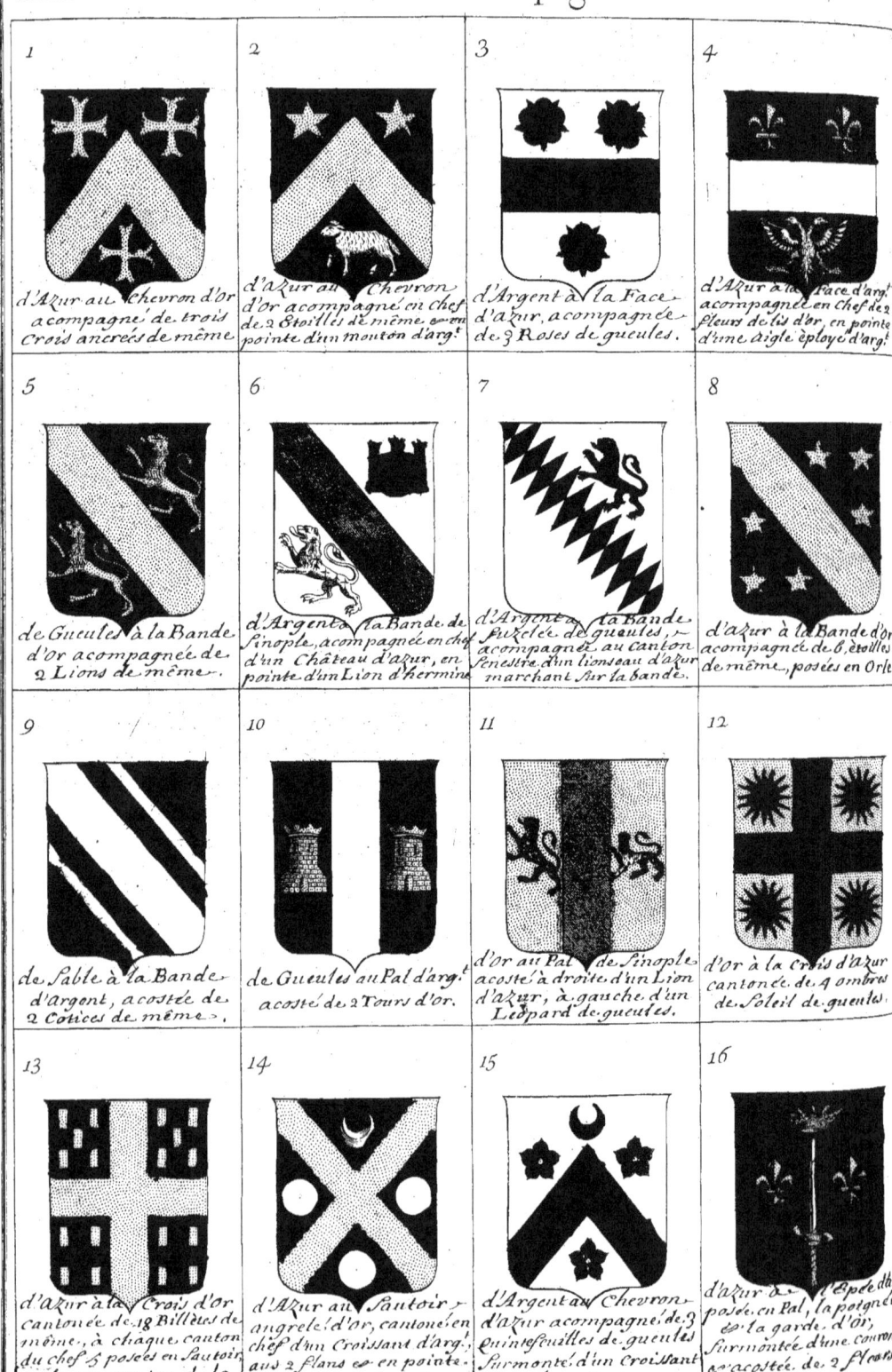

1 — d'Azur au Chevron d'or acompagné de trois Crois ancrées de même.

2 — d'Azur au Chevron d'or acompagné en chef de 2 Etoilles de même et en pointe d'un mouton d'argt.

3 — d'Argent à la Face d'Azur, acompagnée de 3 Roses de gueules.

4 — d'Azur à la Face d'argt. acompagnée en chef de 2 fleurs de lis d'or, en pointe d'une aigle éployé d'argt.

5 — de Gueules à la Bande d'Or acompagnée de 2 Lions de même.

6 — d'Argent à la Bande de Sinople, acompagnée en chef d'un Château d'azur, en pointe d'un Lion d'hermine.

7 — d'Argent à la Bande fuzelée de gueules, acompagnée au canton senestre d'un lionceau d'azur marchant sur la bande.

8 — d'Azur à la Bande d'or acompagnée de 6 étoilles de même, posées en Orle.

9 — de Sable à la Bande d'argent, acostée de 2 Cotices de même.

10 — de Gueules au Pal d'argt. acosté de 2 Tours d'or.

11 — d'Or au Pal de Sinople acosté à droite d'un Lion d'azur, à gauche d'un Leopard de gueules.

12 — d'Or à la Crois d'azur cantonée de 4 ombres de Soleil de gueules.

13 — d'Azur à la Crois d'or cantonée de 18 Billetes de même, à chaque canton du chef 5 posées en Sautoir à chaque canton de la pointe 4 posées 2 et 2.

14 — d'Azur au Sautoir angrelé d'or, cantoné en chef d'un Croissant d'argt. aux 2 flans et en pointe de 3 Bezans de même.

15 — d'Argent au Chevron d'azur acompagné de 3 Quintefeuilles de gueules surmonté d'un Croissant de même.

16 — d'Azur à l'Epée d'argt. posée en Pal, la poignée et la garde d'or, surmontée d'une couronne et acostée de 2 fleurs de lis de même.

DES PIECES ACOMPAGNE'ES.

Près les pièces chargées vièent les pièces acompagnées. La diférance qu'il y a antre les pièces chargées, & les pièces acompagnées confiste en ceci.

Les pièces moins principales qui chargent une pièce plus principale font pofées deffus & en couvrent une partie, au lieu que les pièces qui acompagnent font pofées fur le champ de l'ècu, & ne couvrent point les pièces principales.

Cet acompagnemant s'exprime ou par le terme *d'acompagné*, qui eſt le plus ordinaire, ou par ceus de *cantoné*, *d'acoſté*, de *furmonté*. Come je le vas expliquer.

Quand dans un ècu il y a un chevron, & que dans les efpaces vuides de l'ècu, ou dans le champ de l'ècu il y a d'autres pièces moins principales, on dit que le chevron eſt acompagné. Par example.

Nº. 1. La Maifon de Neuvile dont eſt le Marèchal Duc de Vileroi, porte d'azur au chevron d'or acompagné de trois Crois ancrées de même.

J'ai dit ci-deffus que quand on a nomé l'èmail d'une pièce, & qu'enfuite on parle d'une ou de plufieurs pièces de même èmail, au lieu de rèpèter le nom de cet èmail on fe fert de ces mots *de même*. C'eſt pourquoi en blazonant les armoiries de Neuvile après avoir nomé l'èmail du chevron & avoir dit au chevron d'or, je ne dis pas trois Crois ancrées d'or, mais trois Crois ancrées de même.

Dans la Table 6. Nº. 8. j'ai dit ce que c'ètoit qu'une Crois ancrée.

Quand on dit qu'un chevron eſt accompagné de trois pièces, on antand qu'il y en a deus au-deffus du chevron ou en chef, & une au-deffous du chevron ou en pointe.

Quand les trois pièces qui acompagnent le chevron font de diférantes efpèces on le marque, par exanple.

Nº. 2. Seguier, dont ètoit le Chancelier Piére Seguier, mort en 1672. porte d'azur au chevron d'or acompagné en chef de deus Etoiles de même, & en pointe d'un Mouton d'argent.

Acompagné fe dit auffi de la face.

Nº. 3. Malier du Houffai porte d'argent à la face d'azur acompagnée de trois Rofes de gueules.

Si les trois pièces qui acompagnent la face font de mêmes ef-pèces, on antand, fans qu'il foit néceffaire de le fpecifier, qu'il y en a deus au-deffus de la face ou en chef, & une au-deffous ou en pointe.

Si ces trois pièces font de diférante nature on le fpécifie, par exanple.

N°. 4. D'azur à la face d'argent acompagnée en chefs de deus fleurs de lis d'or, en pointe d'une Aigle èployèe d'argent.

Acompagné fe dit auffi de la Bande.

Quand la Bande eft acompagnée de deus pièces femblables, on dit fimplemant acompagné de deus. Ainfi.

N°. 5.　　　　porte de gueules à la bande d'or, acompagnée de deus Lions de même.

Quand les pièces qui acompagnant la bande font d'efpeces difé-rantes, on les exprime. Ainfi.

N°. 6.　　　　porte d'argent à la bande de Sinople acompa-gnée en chef d'un Chateau d'azur, en pointe d'un Lion d'hermine.

Quelquefois la Bande n'eft acompagnée que d'une feule pièce & alors on marque en quèle partie de l'Ecu èle eft.

Et ordinairemant ces pièces qui acompagnent en ce cas là font des brifures, & ne font pas propremant du cors des armoiries de la maifon qui les porte.

N°. 7. La Maifon de Courcillon dont eft le Marquis de Dan-geau Chevalier d'Honeur de Madame la Ducheffe de Bourgogne, porte d'argent à la bande fuzelée de gueules acompagnée au Can-ton Seneftre d'un Lionceau d'azur marchant fur la bande. Cète Maifon eut une branche cadète qui prit pour brifure le Lionceau d'azur, & qui l'a gardé quoiqu'èle foit devenuë l'aînée depuis que la branche des aînés eft tombée par fames dans la Maifon des Con-tes de Sancère, cète branche cadète devenuë aînée eft cèle du Mar-quis de Dangeau.

Quelquefois quand il y a plufieurs pièces qui en acompagnent une principale, on exprime autremant la manière dont èles font difpofées. Ainfi

N°. 8. D'Hozier Juge General des Armoiries de France, porte d'azur à la bande d'or acompagnée de fis ètoiles de même pofées en Orle.

L'Orle eft une pièce de même figure que de la bordure, dont j'ai parlé Planche 4. N°. 3. La diférance qu'il y a antre la bordure & l'orle n'eft pas dans la figure, mais feulemant en ce que la bordure touche les bords de l'Ecu, & que l'orle ètant plus en dedans de l'Ecu, il y a antre l'orle & les bords de l'Ecu un espace de même èmail que le champ de l'Ecu, & de même figure que seroit une bordure.

Quand les pièces qui acompagnent la bande la suivent dans toute son ètanduë, ou dans la plus grande partie de son ètanduë, on dit qu'èle est acostée, ainsi.

N°. 9. La Maison de Quatre-Barbes dont ètoit le Marquis de la Rongere Chevalier d'Honeur de Madame, porte de sable à la bande d'argent acostée de deus cotices de même.

Acosté se dit aussi du Pal, quand il y a d'autres pièces à droite ou à gauche, ainsi.

N°. 10.   porte de gueules au Pal d'argent acosté de deus Tours d'or.

Mais si les pièces qui acompagnent le Pal sont de diférante nature on le spècifie. Ainsi.

N°. 11.   porte d'or au Pal de sinople acôté à droite d'un Lion d'azur, à gauche d'un Leopard de gueules.

On pouroit dire adextré d'un Lion d'azur senestré d'un Leopard de gueules.

Pour la crois & le sautoir au lieu du mot acompagné, on se sert de celui de cantoné.

Ainsi nous avons vu Planche 9. N. 4. que Monmoranci porte d'or à la crois de gueules cantonée de 16. alerions d'azur.

N°. 12. Huraut dont ètoit le Chancelier de Cheverni porte d'argent à la crois d'azur cantonée de quatre ombres de soleil de gueules.

En Armoiries quand on represante le soleil on peint une face humaine ronde avec des Ieus, un nez, une bouche, & on l'avirone de raions, quand il n'y a que le rond avec les raions mais sans aucun trait de visage, on dit ombre de soleil.

Quand au tour de la crois il y a quatre ou seize pièces semblables on dit simplemant cantoné, & l'on antand naturèlemant que ces pièces sont dans la position où èles se trouvent dans les armes de Monmoranci & dans cèles de Huraut. Mais si les pièces sont en nombre diférant on les spècifie, ainsi.

N°. 13. La Maison de Choiseul dont est le Marèchal de Choiseul prèmier Marèchal de France, porte d'azur à la crois d'or cantonée de 18. billètes de même, à chaque canton du chef cinq posées en sautoir, à chaque canton de la pointe quatre posées 2. & 2.

On dit cantoné pour le fautoir come pour la crois, fi les pièces qui l'acompagnent font de même nature & au nombre de quatre, on dit fimplemant cantoné de 4. &c. mais fi èles font d'efpèces diférantes on le marque, ainfi.   *Sautoir*

N°. 14. Choifi porte d'azur au ~~chevron~~ angrèlé d'or cantoné en chef d'un croiffant d'argent, aus deus flancs & en pointe de trois bezans de même.

J'ai dit au croiffant d'argent, quelquefois pour marquer que le croiffant a les pointes en haut, on dit au croiffant montant pour le diftinguer de ceus qui font tournés autremant, cepandant on peut fe difpanfer de dire qu'il eft montant, & quand on dit fimplemant au croiffant on antand qu'il a les pointes en haut.

Il y a une autre forte d'acompagnemant qui ne convient gueres qu'au chevron, c'eft furmonté. Quand la pièce qui acompagne le chevron eft fur la pointe du chevron, ainfi.

N°. 15.   porte d'argent au chevron d'azur acompagné de trois quatefeuilles de gueules furmonté d'un croiffant de même.

Dans les exanples que j'ai mis dans cète Planche, je n'ai jufqu'ici parlé que des pièces qu'on nome pièces honorables, on dit auffi des autres pièces qu'èles font acompagnées, acoftées &c. Par exanple quand on parle de quelques pièces pofées en Pal come une lance, une èpée, on fe fert du terme d'acofté come j'ai dit N°. 10. qu'on fait à l'ègard du Pal, & quand immediatemant au-deffus de la pièce principale, il s'en trouve une autre moins principale, on fe fert du mot de furmonté come j'ai dit N. 15. qu'on en ufoit à l'ègard du chevron.

N°. 16. Les armes que Charles V I I. dona à Jane d'Arc, qu'on nome comunèmant la Pucèle d'Orlèans & à fes frères, font d'azur à l'èpée d'argent pofée en Pal la poignée & la garde d'or furmontée d'une courone & acoftée de 2. fleurs de lis de même. 1

Les dècendans de ces frères de la Pucèle ont changé leur furnom & ont pris celui de *du lis*.

Quelquefois les mêmes pièces fe trouvent chargées de quelques pièces acompagnées de quelques autres pièces, les Livres des Armoiries des Souverains, des Princes, des Ducs &c. qui fuivront celui-ci nous en fourniront plufieurs exanples. Ce que je viens de dire fur les Planches 11. & 12. fufit pour faire antandre tout ce qui regarde les pièces chargées & les pièces acompagnées.

Les Pièces acompagnées.

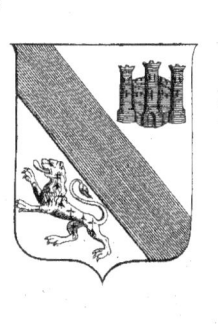

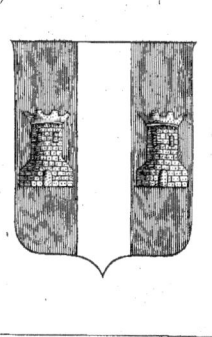

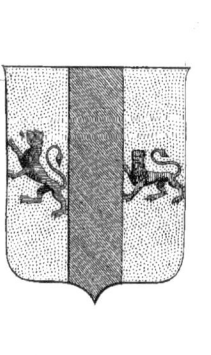

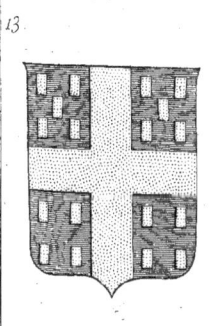

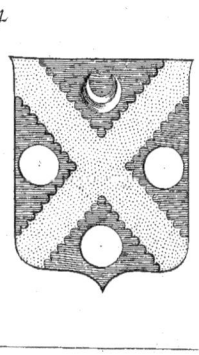

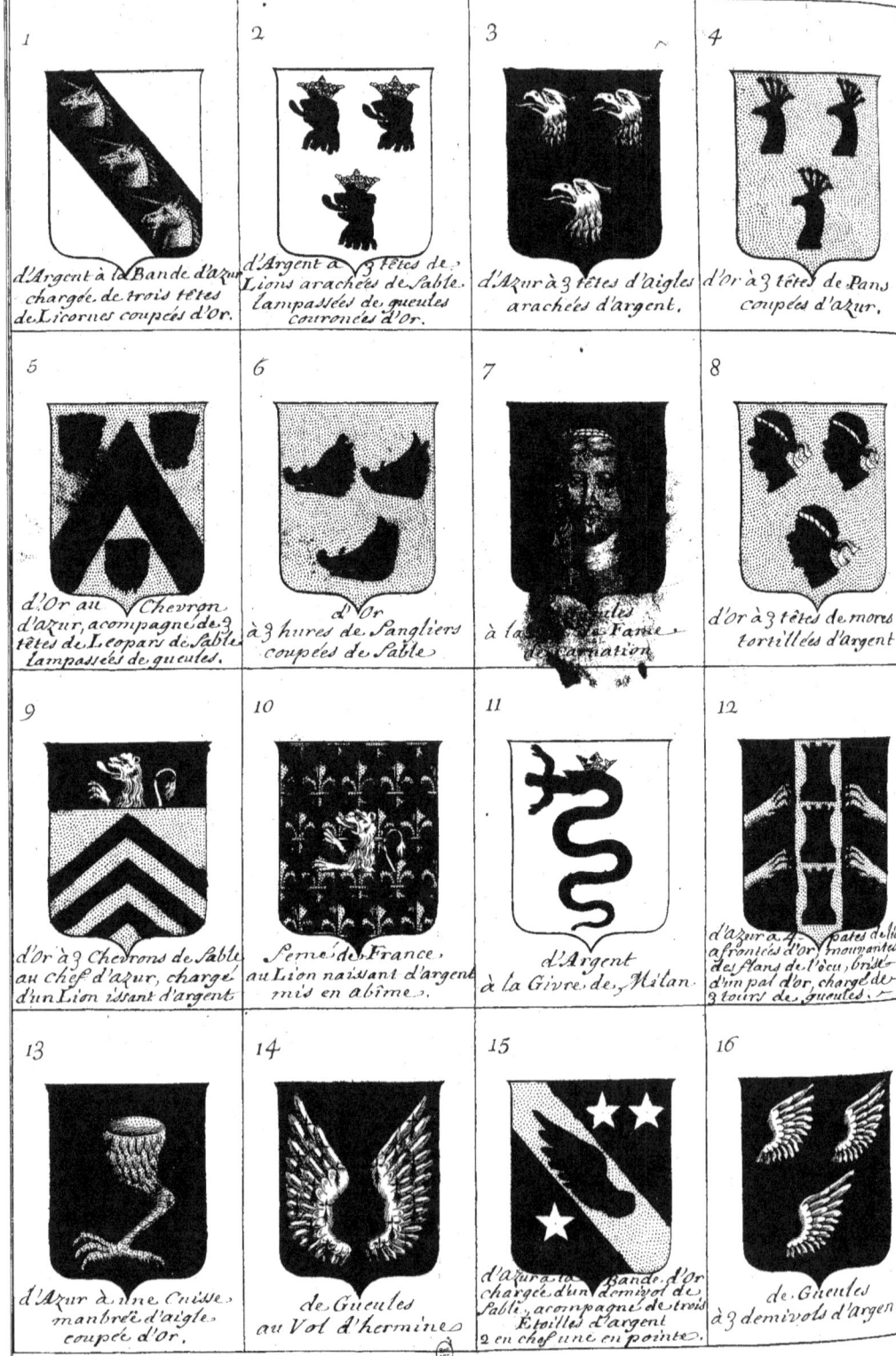

1

d'Argent à la Bande d'azur
chargée de trois têtes
de Licornes coupées d'Or.

2

d'Argent à 3 têtes de
Lions arachées de Sable.
lampassées de gueules
couronées d'Or.

3

d'Azur à 3 têtes d'aigles
arachées d'argent.

4

d'Or à 3 têtes de Pans
coupées d'azur.

5

d'Or au Chevron
d'azur, acompagné de 3
têtes de Leopars de Sable
lampassées de gueules.

6

d'Or
à 3 hures de Sangliers
coupées de Sable

7

à la ... Fame
de carnation

8

d'Or à 3 têtes de mores
tortillées d'argent

9

d'Or à 3 Chevrons de Sable
au Chef d'azur, chargé
d'un Lion issant d'argent

10

Semé de France,
au Lion naissant d'argent
mis en abime.

11

d'Argent
à la Givre de Milan

12

d'azur à 4 pates de lion
afrontées d'or, mouvantes
des flans de l'écu, brisé
d'un pal d'or, chargé de
3 tours de gueules.

13

d'Azur à une Cuisse
manbrée d'aigle
coupée d'or.

14

de Gueules
au Vol d'hermines

15

d'Azur à la Bande d'Or
chargé d'un demivol de
Sable, acompagné de trois
Etoilles d'argent
2 en chef une en pointe.

16

de Gueules
à 3 demivols d'argent

DES PARTIES SEPAREES.

DU CORS DES ANIMAUS.

J'Ai parlé des Animaus à quatre piés dans la Planche huitième, & des Oiseaus dans la Planche neuvième.

Je n'ai pas trouvé à propos de parler alors des parties separées de ces animaus qu'on trouve dans les Armoiries, parce qu'èles servent ordinairemant à charger ou à acompagner d'autres pièces, c'est pourquoi j'ai voulu n'en parler qu'après avoir fait conoître ce que c'est que des pièces chargées & des pièces acompagnées, ce que j'ai fait dans la 11. & dans la 12. Planche.

De ces parties separées des Animaus la plus ordinaire est la tête.

On separe les Têtes des Animaus de deus fasons, ou en les coupant ou en les arachant. Au prèmier cas ce qui paroit du cou de l'animal est terminé par une ligne droite. Au second cas on voit quelques poils ou quelques plumes de l'animal qui font des inègalités.

N°. 1. Faie d'Epesses porte d'argent à la Bande d'azur chargée de 3. Têtes de Licornes coupées d'Or.

On peut en blazonant dire simplemant 3. Têtes de Licornes, parce que les Têtes coupées ètant plus ordinaires que les Têtes arachées, on supose toujours qu'èles sont coupées, à moins que le mot d'araché ne soit ajouté.

N°. 2. Guichard de Peré porte d'argent à 3. Têtes de Lions arachées de sable, lampassées de Gueules, couronées d'or.

N°. 3.　　　porte d'azur à 3. Têtes d'Aigles, arachées d'argent.

N°. 4.　　　porte d'Or à 3. Têtes de Pan coupées d'azur.

N°. 5. la Maison de Fourbin, dont est le Cardinal de Janson Grand Aumônier de France, porte d'or au chevron d'azur, acompagné de 3. Têtes de Leopars de sable lampassées de gueules.

Aus quatre prèmiers exanples les Têtes de Licorne, de Lion, d'Aigle, de Pan, ne montrent qu'un œil, parce qu'en armoiries quand on peint ces Animaus, ils ne montrent jamais qu'un œil. Mais come les Leopars sont toujours reprèsentés montrant deus yeus, leurs Têtes separées ont aussi deus yeus. Et la manière dont ces têtes de Leopars sont tournées pour montrer les deus yeus, fait qu'on ne peut voir aucune partie de leur cou, au lieu qu'on voit une partie de celui des Licornes, des Lions, & des autres animaus qui n'ont qu'un œil.

N°. 6. Vignerod dont eſt le Duc de Richelieu porte d'Or à 3. hu-res de Sangliers coupées de ſable.

Pour les Sangliers on dit Hure au lieu de tête auſſi-bien en terme de blazon, que dans le langage ordinaire.

On y ajoute *coupée* pour marquer qu'il ne reſte aucune partie du cou.

On amploie auſſi en armoiries des Têtes humaines, ainſi.

N°. 7.   de Gueules à la Tête de fame de Carnation.

Quand on repréſante la figure humaine de ſes couleurs naturèles qui ne ſe peuvent exactemant repréſanter par les Emaus qu'on am-ploie en armoiries, on ſe ſert du mot de *carnation*.

N°. 8.   d'Or à 3. Têtes de Mores tortillées d'argent.

Quand on met en armoiries une Tête de More on antand qu'èle eſt de ſable, ſans qu'il ſoit nèceſſaire de le dire & on antand auſſi qu'èle ne montre qu'un œil.

Le terme *tortillé* ſignifie que ces têtes ſont liées par un ruban ou par une bandelète tortillée.

Si la Bandelète ètoit toute unie & qu'èle ne fut point tortillée on diroit ſimplemant que la tête eſt *liée*, & ſi la bandelète couvroit les yeus on diroit qu'èle eſt *bandée*.

Quand ſur un chef une face &c. il paroît une tête d'animal avec une pate & le bout de la queuë, on dit qu'il eſt *Iſſant*, ainſi.

N°. 9. la Baume de Suze porte d'Or à trois chevrons de ſable, au chef d'azur chargé d'un Lion iſſant d'argent.

Mais ſi l'animal montre les deus pates & anviron la moitié du cors. On dit qu'il eſt *naiſſant*, ſoit qu'il paroiſſe ſur le champ de l'Ecu, ſoit qu'il ſoit ſur quelque pièce, ainſi.

N°. 10. Moreuil porte ſemé de France au Lion naiſſant d'ar-gent, mis en abime.

On ſe ſert de ce mot *en abime* pour marquer qu'une pièce eſt au milieu de l'ècu & ne tient à rien.

Iſſant ſe dit auſſi de l'anfant qui paroît ſortir à mi-cors de la gueule du Serpant de Milan, Voici come on blazone ces armes.

N°. 11. Le Duché de Milan porte d'argent à la Givre de Milan, la Givre eſt d'azur, c'eſt un Serpant tortueus, l'anfant qui ſort de la gueule du Serpant & qu'on apèle Iſſant eſt de gueules.

N°. 12. La Maiſon de Brancaccio l'une des plus conſidérables du Royaume de Naples, porte d'azur à quatre pates de Lion afron-tées d'or mouvantes des flancs de l'ècu.

Ce ſont des armes parlantes, car *Branca* en Italien ſignifie une pate une grife.

Le mot d'*afronté* marque que les ongles des pates qui viènent de la droite font opofés aus ongles de cèles qui viènent de la gauche.

Le mot *mouvantes* marque qu'èles paroiffent fortir des bors de l'ècu.

Cète Maifon a produit diverfes branches qui fe font diftinguées les unes des autres par diférantes brifures. La branche qui s'eft ètablie en Provance & dont eft le Duc de Vilars qu'on nome comunemant le Duc de Brancas, a pris pour brifure un Pal d'or chargé de trois tours de gueules.

On fe fert d'un autre terme que celui de pate quand on parle des jambes & des grifes des oifeaus, ainfi.

N°. 13.　　porte d'azur à une cuiffe mambrée d'Aigle coupée d'or.

On dit que la cuiffe eft *mambrée* pour marquer que la jambe & le pié de l'oifeau y tiènent.

On apèle *vol* deus ailes d'oifeau pofées come èles font ici.

N°. 14. Ofmont en Normandie porte de gueules au vol d'hermine.

On apèle *demi vol* une aile feule, ainfi.

N°. 15. Robertet porte d'azur à la bande d'or chargée d'un demi vol de fable, acompagnée de trois Etoiles d'argent, deus en chef une en pointe, c'eft-à-dire, deus dans l'efpace d'enhaut qui eft à la gauche de la bande & une dans l'efpace d'enbas qui eft à la droite.

Quelquefois il fe trouve plufieurs demi vols dans un Ecu, mais ils ne compofent point de vol antier, parce que ce font des ailes toutes femblables qui ne peuvent pas être prifes pour les ailes du même Oifeau, ainfi.

N°. 16. Vatevile en Francheconté porte de gueules à trois demi vols d'argent.

Il y a plufieurs autres parties d'animaus qui font amployées dans les armoiries, mais je n'ai mis ici que cèles qui font les plus ordinaires, & ce que j'en ai dit fufira pour aider à conoître toutes les autres parties qu'on poura trouver dans mes autres Livres d'Armoiries.

1 
de France
à la Bordure de Gueules

2 
de France à la Bordure
angrêlée de Gueules

3 
de France
au Lambel à 3 pandans
d'argent

4 
de France
au Bâton de Gueules
peri en bande.

5 
de France, au Bâton
peri en bande de gueules
brisé d'une bordure de même

6 
de France
au Bâton de gueules
peri en bare.

7 
de France, au Bâton
de gueules peri en
Bande. chargé de trois
Lionceaux d'argent.

8 
de France, au Bâton
de gueules peri en bande
chargé de 2 Lionceaux d'argt
au Chef cousu de matiere

9 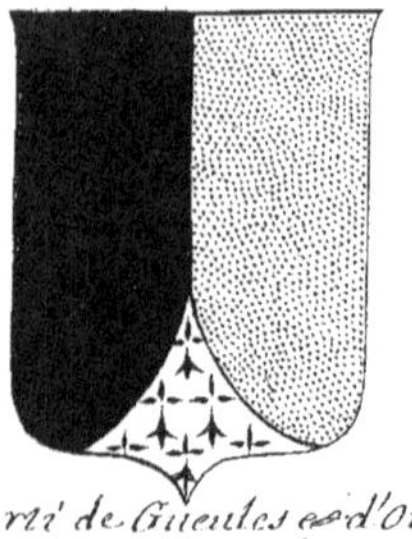
Parti de Gueules & d'Or
anté en pointe d'hermine

10
Écartelé d'Or & de Sable
Sur le tout de vair

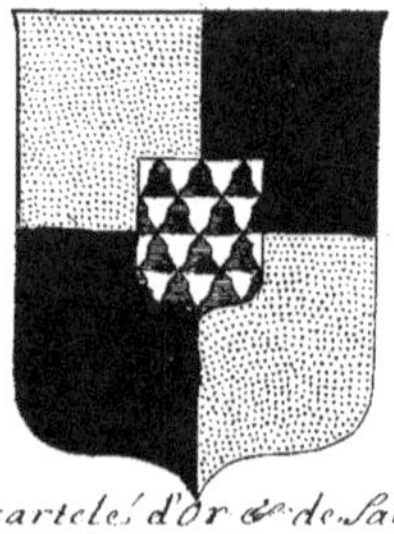

11
Écartelé, d'Argent &
d'azur, Sur le tout écartelé
de Gueules & d'or.

12
Écartelé, au premier
&. 4.e Contrecartelé d'Or
& de Sable, au 2.d de gueules,
au 3.e d'Argent.

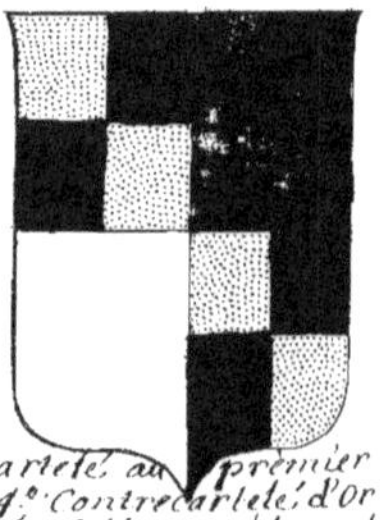

13
Écartelé, au premier
parti d'argent & de Sable
au 2.d contrecartelé d'Or &
d'azur, au 3.e d'hermine
au 4.e parti de gueules
& d'argent, anté en
pointe de vair.

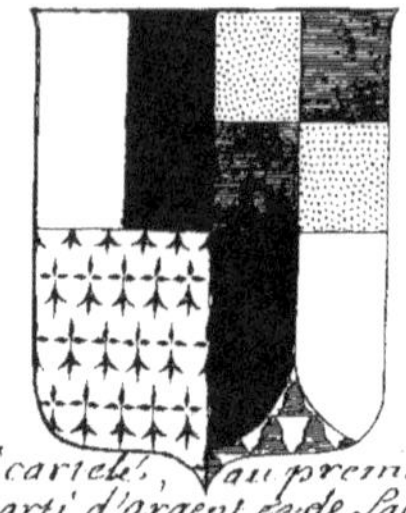

14 
Parti d'un, Coupé de 2.
au 1.er & 4.e de Sable
au 2.d & 5.e d'Or,
au 3.e d'hermine
au 6.e de vair.

15 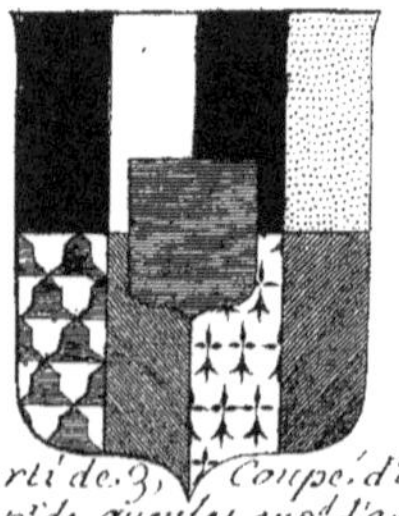
Parti de 3. Coupé d'un
au p.er de gueules, au 2.d d'arg.t
au 3.e de Sable, au 4.e d'Or,
au 5.e de vair, au 6.e de
Sinople, au 7.e d'hermine
au 8.e de pourpre,
Sur le tout d'azur.

16 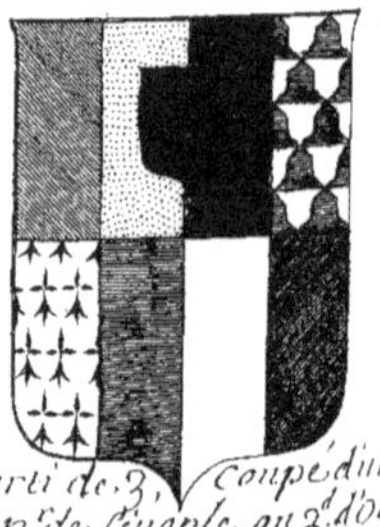
Parti de 3. Coupé d'un
au p.er de Sinople, au 2.d d'Or,
au 3.e de gueules, au 4.e de
vair, au 5.e d'hermine
au 6.e d'azur, au 7.e d'argt
au 8.e de pourpre,
au point d'honeur de Sable

DES BRISURES

LEs Brifures font des pièces qus les Cadets des bones Maifons ajoutent à leurs armes pour fe diftinguer d'avec leurs aînés, & alors on dit des Aînés qu'ils portent les armes pleines & des Cadets qu'ils portent les armes brifées.

Il fe trouve de ces Brizures de plufieurs manières diférantes, je me contenterai de mètre ici cèles que portent les Princes de la Maifon Royale.

N . 1. Quand Monfeigneur le Duc d'Anjou aujourd'hui Roi d'Efpagne fut né , le Roi lui dona pour brifure une Bordure de Gueules, & depuis qu'il eft Roi d'Efpagne il porte fur le tout de fes armes, de France à la Bordure de Gueules, qui font les Armes qu'il portoit avant que d'être Roi.

N°. 2. Quand Monfeigneur le Duc de Berri fut né , le Roi lui dona pour Brifure une Bordure angrèlée de gueules.

Nous avons vu dans la fizième Planche au nombre 2. une Crois angrèlée , cet èpitète d'Angrèlé fe peut ajouter à plufieurs autres pièces d'Armoiries & l'on trouve des Sautoirs des chevrons &c. Angrèlés.

N°. 3. Feu Monfieur Filipe fils de France Frère unique du Roi avoit pour brizure un Lambel à 3. pandans d'Argent, & Monfieur le Duc d'Orleans fon fils a la même Brizure.

Pandant la vie de feu Monfieur Gafton , feu Monfieur portoit pour brizure une bordure de Gueules, mais il prit le Lambel lorfque cète brizure fe trouva vacante par la mort de Monfieur fon Oncle fans anfant mâle, regardant cète brizure come la plus honorable de cèles qu'on ajoute aus Armes de France, & il la garda toujours, quoiqu'il fût né au Roi & à Monfeigneur le Daufin des fils Cadets qui ètoient plus près de la Courone que lui. Quand une fois un Prince a pris une brizure on ne peut pas la lui ôter, quoiqu'il naiffe des Princes Cadets dans la branche aînée, & tous fes Anfans, tous leurs defcendans en ligne mafculine la gardent quelques èloignés qu'ils puiffent être de la Courone.

Monfieur le Duc de Chartres porte la même Brizure que Monfieur le Duc d'Orleans fon Père.

N°. 4. Le Prince de Condé a pour Brizure un bâton de Gueules peri en bande. Le Bâton eft plus ètroit que la Cotice, qui eft èlemême une diminution de la bande, come nous avons vu dans la quatrième Planche au nombe 7. l'èpitète de peri qu'on ajoute au mot de bâton, marque qu'il n'a pas toute la longueur du bâton ordinaire.

Le Duc de Bourbon fils, & le Duc d'Anguien petit fils du Prince de Condé portent la même brizure que lui.

N°. 5. Quand dans une branche Cadète il se forme une autre branche cadète èle ajoute une nouvèle brizure à cèle que portent ses Aînés, c'est pourquoi le Prince de Conti, outre le bâton peri en bande, qui est la brizure de la branche de Condé, porte pour seconde brizure une bordure de Gueules.

N°. 6. Ordinairemant les fils lègitimés de nos Rois portent pour brizure un bâton peri en bare, celui que portent le Duc du Maine & le Conte de Touloufe est de gueules.

N°. 7. Le Duc de Vandôme porte pour brizure un bâton de gueules peri en bande chargé de trois Lionseaus d'argent, j'en dirai tout à l'heure la raison.

N°. 8. Le Grand Prieur de France porte les mêmes Armes que le Duc de Vandôme son frère Aîné, avec un chef cousu de Malte, (l'Ordre de Malte porte de Gueules à la Crois d'argent).

On done à ce chef l'Epitète de cousu, parce que règulieremant dans le blazon on ne met pas couleur sur couleur, ni métal sur mètal : en cète ocasion le champ du Chef qui est de gueules se trouve sur le Champ des Armes de France qui est d'azur, ce qui fait couleur sur couleur & pour marquer que l'on sait bien que cela est contre la règle, on dit que le chef est cousu, pour dire que le tout ansanble ne fait pas un même ècu, mais que le chef est regardé come une pièce étrangère ajoutée & cousuë à l'ècu des Armes de la famille.

Les anciens Ducs de Bourbon descendans de Robert fils Cadet du Roi S. Louis portoient pour brizure une bande de gueules. Ils eurent des Cadets qui furent Contes de la Marche, Contes & ansuite Ducs de Vandôme, & qui pour se distinguer de leurs aînés chargerent la bande de gueules de trois Lionseaus d'argent. Cefar fils lègitimé de Henri le Grand aïant ètè fait Duc de Vandôme par le Roi son père porta les armes qu'avoient portées les Contes de Vandôme ses ancêtres.

Les Princes de la Maison de Bourbon qui d'abord avoient eu pour brizure une bande, la diminuerent peu à peu & la reduifirent anfin à un bâton peri en bande,

Franſois de Bourbon Conte de Vandôme pôrtoit une bande de toute ſon ètanduë. Charle Duc de Vandôme n'en fit qu'une Cotice.

Louis Prèmier Prince de Condé la reduiſit à un bâton & ècartela des armes d'Alanſon à cauſe de ſa mère Franſoiſe d'Alanſon Ducheſſe de Beaumont le Viconte. Henri prèmier Prince de Condé porta les mémes armes que ſon père, Mais Henri Second quita l'ècartelure d'Alanſon, & au lieu d'un bâton qui touchoit les bors de l'ècu, il ne porta plus qu'un bâton peri en bande come le porte aujourd'hui le Prince de Condé Henri-Jule ſon petit fils.

Pour la ſeconde briſure des trois Lionſeaus d'argent dont la bande de gueules ètoit chargée, les Princes de la branche de Vandôme la quitèrent quand la branche aínée de Bourbon fut èteinte par la mort du Conètable Charle de Bourbon, en 1527.

Monſeigneur le Daufin, Monſeigneur le Duc de Bourgogne & Monſeigneur le Duc de Bretagne, come fils aínés ne portent point de brizure: l'Ecartelure de Daufiné que porte Monſeigneur le Daufin n'eſt pas une brizure, il ne la porte que pour ſatisfaire à l'une des conditions ſous leſquèles Humbert 2ᵈ. Daufin du Viènois ceda ſon pays à la Courone.

Je ne done point ici d'exanple des brizures qu'ont priſes les autres Princes de la Maiſon Royale, j'en ai parlé au long dans le diſcours que j'ai mis à la tête des Armoiries de la Maiſon Royale.

Je ne done point non plus d'exanple des brizures que portent les Branches cadètes de quelques Maiſons de Princes ou de grands Seigneurs, nous en vèrons des exanples dans les diſèrans Ouvrages qui ſuivront celui-ci.

Quelquefois les Cadets au lieu de prandre des brizures ont changé l'èmail des pièces dont leurs armes ètoient compoſées.

On prètand que Gilon Seigneur de Mailli aïant eu quatre fils de Jane d'Amiens ſa fame, ordona que ſon Aîné porteroit come lui d'Or à trois maillets de Sinople, que ſon ſecond fils porteroit des maillets de gueules, que ceus du troiſième ſeroient d'azur & ceus du quatrième ſeroient de ſable. Et èfeƈtivemant Madelène de Mailli Dame de Conti mère d'Eleonore de Roie qui èpouſa Louïs prèmier Prince de Condé portoit d'Or à trois maillets de gueules.

Il y a des Cadets qui au lieu de brizure ajoutent aus Armes de leur Maiſon cèles des Maiſons dont ils ſortent par fames, & parmi les Princes d'Alemagne il y a pluſieurs Cadets qui ſe diſtinguent de leurs Aînés ou par les Armes des tères auſquèles il prètandent, ou en changeant l'arangemant des divers cartiers de leur ècu.

DES PARTITIONS

OUtre les partitions de l'ècu que nous avons vuës dans la 3.Plan-che, il y en a ancore un grand nombre d'autres dont le principal usage est de mètre dans un même ècu, ou les Armoiries de plusieurs Maisons ausquèles on est alié, ou cèles de diférantes Téres ou Etats sur lesquels on a des prètantions. Ces sortes de Partitions se peuvent varier presqu'à l'infini selon le nombre ou l'importance des cartiers qu'on veut joindre ansanble dans le même ècu, je ne mètrai ici que huit de ces Partitions & cela sufira pour antandre toutes les au-tres.

On nome Cartiers tous les diférans espaces formès par ces Parti-tions: quoique le nom de Cartier convième propremant aus parties d'un ècu ècartelé.

En blazonant un ècu conposé de plusieurs cartiers on les designe par des nombres, & l'on dit prèmier cartier, second cartier, &c. & c'est là propremant le cas où l'on doit dire dèchifrer des Armoi-ries.

Quoique ces sortes de partitions soient destinées principalemant pour mètre les Armoiries de diférantes familles ou de diférantes té-res, cepandant dans les exanples que j'ai mis en cète Planche je n'ai distingué les divers Cartiers que par de simples èmaus sans aucu-nes pièces ni figures afin de randre ce que je veus dire plus aisé à an-tandre: au lieu que la multitude de diférantes armoiries de familles ou de téres, auroit peut-être randu la chose plus ambrouillée & plus dificile à comprandre, par la diversité des pièces & des figures.

Voici les exanples de partitions que j'ai mis dans cète Plan-che.

Nº. 9. porte parti de gueules & d'or anté en pointe d'hermine.

On voit par la figure de l'ècu & par l'explication de la troisième Planche pourquoi on dit en *pointe*: pour *anté*, c'est un terme que nous n'avons pas ancore anployé.

Nº. 10. porte Ecartelé d'or & de sable, sur le tout de vair.

Nº. 11. porte ècartelé d'argent & d'azur, sur le tout ècar-telé de gueules & d'or.

Nº. 12. porte ècartelé au prèmier & quatrième contre-cartelé d'or & de sable, au second de gueules, au troizième d'argent,

50

Nº. 13. porte ècartelé au prèmier parti d'argent & de fable, au fecond contrècartelé d'or & d'azur, au troifième d'hermine, au quatrième parti de gueules & d'argent anté en pointe de vair.

Nº. 14. porte parti d'un coupé de deus, au prèmier & quatrième de fable, au fecond & cinquième d'or, au troifième d'hermine, au fizième de vair.

Remarqués que quand dans un ècu il y a deus Cartiers fanblables on les blazone en même tems.

Nº. 15. porte parti de trois, coupé d'un, au prèmier de gueules, au fecond d'argent, au troizième de fable, au quatrième d'or, au cinquième de vair, au fizième de finople, au fetième d'hermine, au huitième de pourpre, fur le tout d'azur.

Nº. 16. porte parti de trois, coupé d'un, au prèmier de finople, au deuzième d'or, au troizième de gueules, au quatrième de vair, au cinquième d'hermine, au fizième d'azur, au fetième d'argent, au huitième de pourpre, au point d'honeur de fable.

Quand on dit parti de trois, coupé d'un, c'eft une manière de parler abregée pour dire parti de trois traits, coupé d'un trait.

Quelquefois on eft obligé par des Contrats de Mariage ou par d'autres traités a joindre de certaines armes à cèles de fa maifon. C'eft ainfi que Monfeigneur le Daufin ècartèle de France & de Daufiné come je l'ai dit dans la prèmière partie de cète explication. d'autres fois on met dans l'ècu de fes armes, les armoiries de certaines Têres fur lefquèles on a des prètentions pour ne laiffer pas prefcrire fes droits ; c'eft ainfi qu'en ufent plufieurs Princes d'Alemagne.

Autrefois la Partition qu'on nome le parti que nous avons vue Table 3. nombre 1. fervoit à joindre les Armes de la fame à cèles du mari, il y en a beaucoup d'exanples des fièclespaffés, on le faifoit même d'une manière qui defiguroit tout à fait tant les armes du mari que cèles de la fame. Nous voyons dans quelques monumans du quinzième fiecle les Armes du Roi Louis XI. & de Charlote de Savoie fa fame, l'ècu eft parti, à la droite il n'y a que la moitié des Armes de France, favoir une fleur de Lis antière & la moitié d'une autre, & à la gauche il n'y a que la moitié d'une Crois. Pour èviter cet inconvenient en fe fervant toujours de la même Partition on mit à la droite les Armes antières du mari, & à la gauche les Armes antières de la fame : Mais alors l'efpace où l'on mètoit ces Armoiries ètant trop ètroit par raport à fa longueur, les Armoiries tant de l'un que de l'autre y paroiffoient defigurées, c'eft pourquoi

on a pris la coutume de laiſſer aus armes du mari toutes les pro-
portions & la forme que l'ècu doit avoir règulièremant, de faire
la même choſe à l'ègard de cèles de la fame, & de mètre les deus
ècus l'un à còté de l'autre, donant toujours la droite aus armes du
mari, & c'eſt la manière dont on en uſe preſantemant.

L'on vèra dans les difèrans Livres d'Armoiries qui ſuivront celui-ci pluſieurs axanples de ce que je viens de dire, on y vèra
auſſi pluſieurs partitions fort difèrantes de cèles que j'ai miſes dans
cète Planche-ci qui eſt la dernière de cèles que j'ai faites pour doner
une idée gènèrale & facile des principes du blazon.

Je ne parle point des Suports, des Heaumes, des Caſques, des
Cimièrs, des Courones, des Lambrequins, des Pavillons, des Co-
liers, des marques de dignité, & des autres acompagnemans de
l'ècu, cela feroit trop long & trop anbaraſſant : & même on y a
introduit tant de choſes à fantaiſie que je ne pourois pas en preſ-
crire des règles bien certaines, j'en dirai pourtant quelque choſe
par ocaſion dans mes recueuils d'Armoiries, mais je n'aprofon-
dirai rien de peur d'anbaraſſer mon Ouvrage.

Les Brisures et les Partitions.

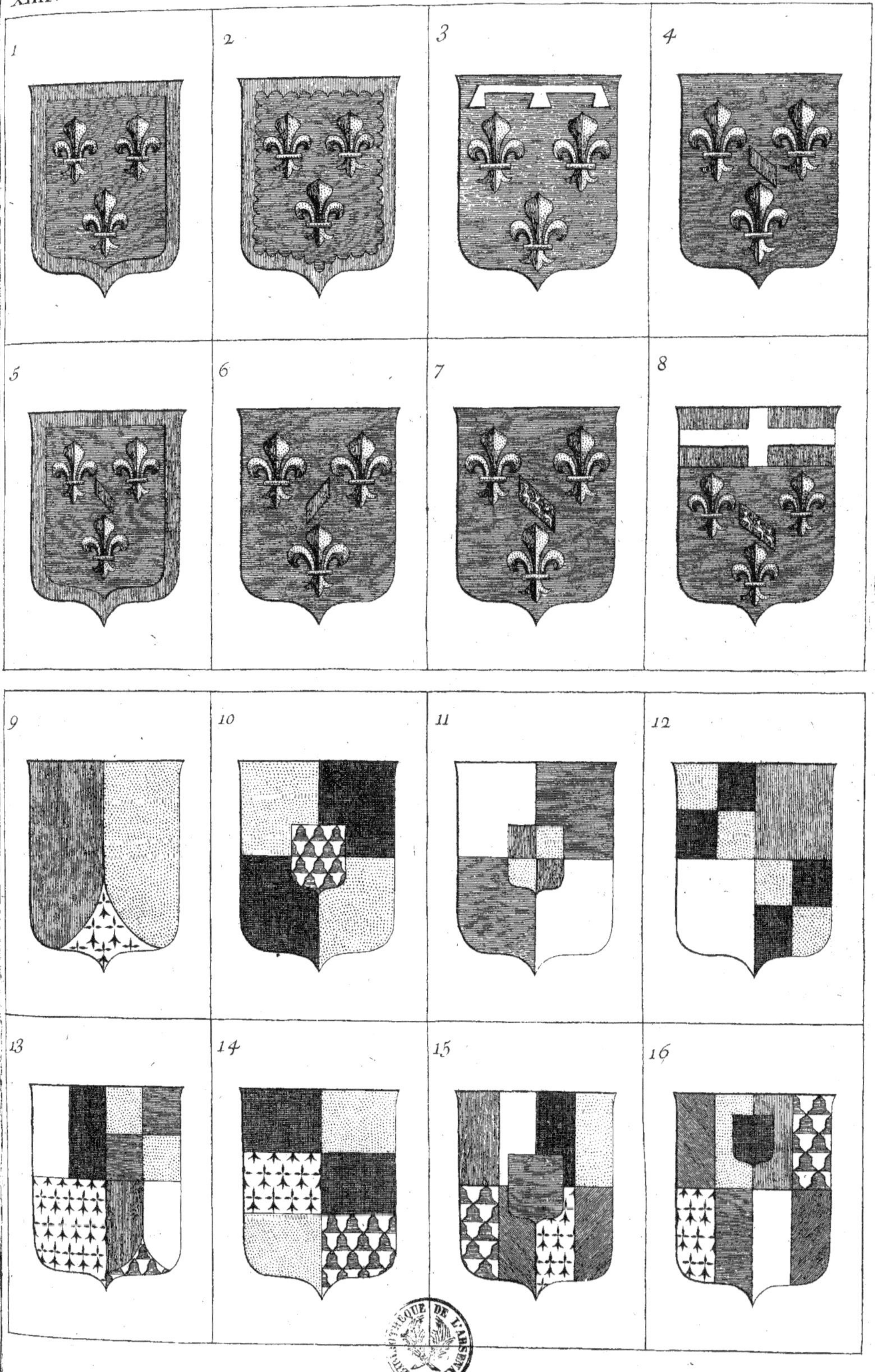
1
2
3
4
5
6
7
8
9
10
11
12
13
14
15
16

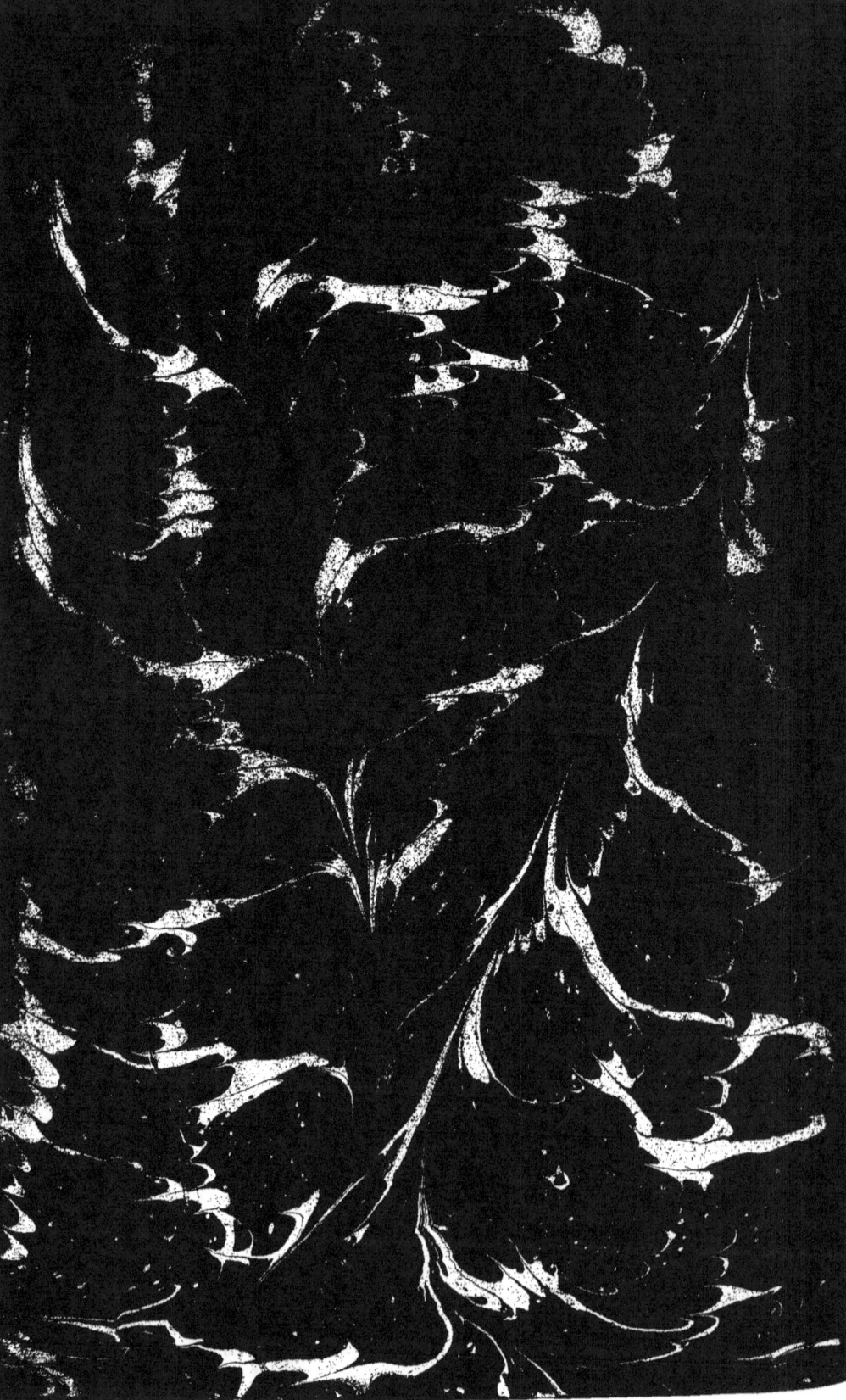

PRÉCIS DU BLASON

www.ingramcontent.com/pod-product-compliance
Lightning Source LLC
Chambersburg PA
CBHW051929280626
47162CB00025B/1953